Brecht | Der gute Mensch von Sezuan

Lektüreschlüssel XL

für Schülerinnen und Schüler

Bertolt Brecht

Der gute Mensch von Sezuan

Von Wilhelm Borcherding

Reclam

Dieser Lektüreschlüssel bezieht sich auf folgende Textausgabe: Bertolt Brecht: *Der gute Mensch von Sezuan. Parabelstück.* Berlin: Suhrkamp Verlag, [78]2019. (edition suhrkamp. 73.)

Lektüreschlüssel XL | Nr. 15532
2021 Philipp Reclam jun. Verlag GmbH,
Siemensstraße 32, 71254 Ditzingen
info@reclam.de
Druck und Bindung: Elanders Waiblingen GmbH,
Anton-Schmidt-Straße 15, 71332 Waiblingen
Printed in Germany 2026
RECLAM ist eine eingetragene Marke
der Philipp Reclam jun. GmbH & Co. KG, Stuttgart
ISBN 978-3-15-015532-5
reclam.de

Inhalt

1. Schnelleinstieg

Autor	Bertolt Brecht wurde am 10. Februar 1898 in Augsburg geboren und starb am 14. Juni 1956 in Berlin (Ost). Er gilt als Begründer des epischen Theaters und als bekanntester deutscher Dramatiker des 20. Jhs.
Entstehungszeit/ Uraufführung	• 1926 (erste Skizzen) bis Januar 1941 (Versand des Textes an Freunde und Intendanten) • 4. Februar 1943: Uraufführung im Zürcher Schauspielhaus • 16. November 1952: Deutsche Erstaufführung in Frankfurt a. M. • Oktober 1957: Erstaufführung des Berliner Ensembles
Ort und Zeit der Handlung	Das Parabelstück spielt in der Hauptstadt der chinesischen Provinz Sezuan zu Beginn des 20. Jahrhunderts. Laut einer Bemerkung Brechts, die er einer späteren Ausgabe des Stückes hinzufügte, steht der Handlungsort »für alle Orte, an denen Menschen von Menschen ausgebeutet wurden« (S. 6).
Gattung und Form	Episches Theater, Parabelstück, offene Dramenform
Aufbau	• Vorspiel, 10 Szenen mit Zwischenspielen, Epilog • Lieder und lyrische Einlagen unterbrechen den Handlungsverlauf

Bertolt Brecht, ein Verfechter marxistischer Ideen, veranschaulichte mit seinem Theaterstück *Der gute Mensch von Sezuan*, das er als einziges seiner Werke mit der Gattungsbezeichnung »Parabelstück« versah, seine Kritik am Kapitalismus. Der Autor verstand es als Modell für seine Konzeption des sogenannten epischen Theaters, anhand dessen er seinem Publikum seine neuen Vorstellungen von der »Zuschaukunst« vermitteln wollte. Mit dem epischen Theater verfolgte Brecht das Ziel, das Publikum zur kritischen Auseinandersetzung mit der eigenen (durch den Kapitalismus geprägten) Lebenswirklichkeit anzuregen. Dazu wählte er für seine Theaterstücke nicht nur Themen, die die soziale Ungleichheit in kapitalistischen Gesellschaften veranschaulichten, er hatte auch eine bestimmte Vorstellung von den theatralischen Darstellungsformen, die das Publikum besonders gut zum Hinterfragen der dargestellten – und in der Folge der eigenen – sozialen Probleme anregen sollten. Um die im traditionellen Illusionstheater übliche Einfühlung der Theaterbesucherinnen und -besucher in die Denk- und Verhaltensweisen der Hauptfiguren zu verhindern, benutzte er eine Technik, die dem Publikum völlig unvertraut war: Er bemühte sich, durch besondere Mittel theatralischer Darstellung den von ihm so genannten Verfremdungseffekt zu erzielen: Die Zuschauerinnen und Zuschauer sollten immer wieder darauf hingewiesen werden, dass die dargestellte fiktive Welt des Stückes nicht ihrer eigenen Lebenswirklichkeit entspricht, und so eine Distanz zur

■ Das epische Theater

■ Neue »Zuschaukunst«

■ Der Verfremdungseffekt

Handlung und zu den Figuren entwickeln, die es erlaubt, die dargestellten Probleme des Kapitalismus möglichst nüchtern zu analysieren.

Aber Brecht verlangte nicht nur vom Theaterpublikum neues Lernen. Auch von seinen Schauspielerinnen und Schauspielern erwartete er eine neue Schauspielkunst, die er als Grundvoraussetzung dafür erachtete, dass die Handlung des Stückes auf ungewohnte, verfremdete Weise zur Darstellung kommen und vom Publikum kritisch reflektiert werden kann. Dazu sah er, in Anlehnung an das chinesische Theater, etwa Masken vor, die den Zuschauerinnen und Zuschauern den fiktionalen Charakter des Stückes vor Augen führen sollten (d. h. die Illusion zerstören sollten, es handle sich bei der Bühnenhandlung um ein Geschehen, das sich in ihrer Lebenswirklichkeit zuträgt). Aber auch die Handlung unterbrechende Kommentare und Lieder, Figuren, die direkt zum Publikum sprechen (die also die sogenannte vierte Wand zwischen der auf der Bühne dargestellten fiktiven Welt und dem Publikum ›durchbrechen‹), kommen in Brechts epischem Theater zum Einsatz.

■ Neue Schauspielkunst

Brechts Hauptanliegen war es, mit seinem Theater einen Beitrag zu einem gesellschaftlichen Umbruch zu leisten: Die herrschenden (kapitalistischen) Gesellschaftsstrukturen sollten ersetzt werden durch kommunistische, die Brecht als Voraussetzung für ein humanes Gemeinschaftsleben erachtete. Durch sein Theater sollten die Zuschauerinnen und Zuschauer Einsicht darin gewinnen, wie schädlich der Kapitalis-

■ Kernziel und Kernfragen

mus für die Gesellschaft und für sie persönlich ist, und so eine grundlegende Änderung der gesellschaftlichen Ordnung anstreben. Aufgrund seines Studiums der Lehren Karl Marx' war Brecht die genaue Analyse kapitalistischer Mechanismen und ihrer Auswirkungen auf die Lebensverhältnisse der Gesellschaftsmitglieder vertraut. Mit seinem Theater wollte Brecht den Zuschauerinnen und Zuschauern deutlich machen, dass sie gemeinschaftlich grundlegende Veränderungen erreichen könnten und sich aktiv an einer Überwindung des Kapitalismus beteiligen sollten. Die Reflexion über gesellschaftliche Verhältnisse war für Brecht eine unverzichtbare Voraussetzung dafür, dass die Menschen ihre schlechten Lebensbedingungen korrigieren wollten. Eine zentrale Frage war dabei, ob der Mensch von Natur aus dazu neigt, sich für das Schicksal seiner Mitmenschen zu engagieren, und wie es ihm gelingen könnte, seine berechtigten Eigeninteressen mit den Fremdansprüchen der Mitmenschen auszubalancieren. Des Weiteren interessierte Brecht, welchen Einfluss die Gesellschaft auf das Verhalten des Individuums ausübt und was sie zu ihrer grundsätzlich notwendigen Verbesserung beitragen könnte.

Diese und andere Fragen erörtert Brecht in *Der gute Mensch von Sezuan*, das man als eine Art ›Fallstudie‹ betrachten könnte, anhand der jungen Prostituierten Shen Te und dem armen städtischen Milieu, in dem sie lebt. Sie ist deshalb ein besonders geeignetes ›Anschauungsobjekt‹ für die Gefahren des Kapitalismus, weil ihr Leben von kapitalistischen Ausbeutungsverhältnissen geprägt ist. Die junge Frau steht zunächst auf der untersten Stufe der kapitalistischen Gesellschaft, weil sie nur noch über ihren Körper als wirtschaftliche Ressource (in der marxistischen Theorie spricht man auch von »Produktivkraft«) verfügt. Die sozialen und wirtschaftlichen Verhältnisse schränken ihre Handlungsmöglichkeiten so ein, dass sie ein großes Interesse daran haben muss, ihre prekären wirtschaftlichen Verhältnisse zu überwinden.

Brechts ›Fallstudie‹ Sezuan

Brecht stellte der Handlung die Bemerkung voran, dass der Schauplatz der Parabel in der chinesischen Provinz Sezuan liegt. Früher (zum Zeitpunkt der Handlung des Stückes) seien die Menschen in dieser Region noch ausgebeutet worden. Buchausgaben, die nach 1949 (nachdem Mao Tse-tung die Volksrepublik China ausgerufen hatte) erschienen, fügte Brecht die Bemerkung hinzu, dass Ausbeutung in Sezuan jetzt nicht mehr stattfinde (S. 6). Die genaue Handlungszeit bleibt unbestimmt, lässt sich aber aufgrund bestimmter Merkmale der fiktiven Welt (es gibt beispielsweise Postflugzeuge) in der ersten Hälfte des 20. Jahrhunderts verorten.

Handlungsort- und zeit

Den Göttern sind unablässig Klagen über den erbärmlichen Zustand der Welt vorgetragen worden. Drei der höchsten Götter haben sich nun auf die Erde begeben, um zu prüfen, ob die Klagen berechtigt sind: Sie halten nach einem Menschen Ausschau, der ihre Gebote einhalten kann. Einzig die Prostituierte Shen Te ist bereit, die Götter in ihrem Zimmer zu beherbergen, die nun glauben, mit Shen Te einen guten

Menschen gefunden zu haben. Doch Shen Te befürchtet, sich wegen ihrer Armut nicht an die göttlichen Gebote halten zu können. Die Götter unterstützen sie daraufhin mit einer hohen Geldsumme.

Shen Te investiert das Geld in einen Tabakladen und hilft zudem vielen ärmeren Menschen. Ihre Hilfsbereitschaft wird ausgenutzt und die Unterstützung der Armen ruiniert ihren Laden nahezu. Sie beschließt daraufhin, in die Rolle ihres fiktiven Vetters Shui Ta zu schlüpfen und sich auf kapitalistische Ausbeutungspraktiken zu verlegen. Zudem überlegt sie, einen reichen Mann zu finden und zu heiraten. Doch lernt Shen Te Yang Sun, einen arbeitslosen Flieger, kennen und lieben. Während sie an die wahre Liebe glaubt, hat er nur das Geld im Sinn, das sie zwischenzeitlich geliehen bekommen hat. Das Heiratsversprechen, das Yang Sun ihr gegeben hat, löst er nicht ein, weil sie ihm kein weiteres Geld überlassen will.

Shen Tes wirtschaftliche Probleme werden größer, als sie feststellt, dass sie ein Kind von Yang Sun erwartet. Sie hofft, dass sie als Shui Ta verkleidet einen Ausweg aus ihrem Dilemma finden kann. Der reiche Barbier Shu Fu bietet die Lösung der Angelegenheit: Er erklärt, dass er Shen Te heiraten möchte, und stellt ihr einen Blankoscheck aus. Mit dem Geld gelingt es Shen Te in der Rolle des Shui Ta, eine Tabakfabrik zu gründen, die ihr das Überleben sichert. Shui Ta, der seine Arbeiter skrupellos ausbeutet, ersetzt ab sofort die wohltätige Shen Te. Es kommt zu einem Gerichtsverfahren gegen Shui Ta, der im Verdacht steht, seine verschwundene, angebliche Cousine Shen Te in seine Gewalt gebracht zu haben. Shui Ta gibt sich als Shen Te zu erkennen. Den Göttern, die hier als Richter auftreten, schildert sie, dass es ihr nicht möglich gewesen sei, die göttlichen Gebote einzuhalten und sowohl zu ihren Mitmenschen wohltätig zu sein als auch die eigene Existenz zu sichern. Doch die Götter ignorieren Shen Tes Klagen und Bitten, und weil sie keine Lösung wissen, verlassen sie die Erde wieder.

■ Handlungsgeschehen

Mit dem Rückzug der Götter endet die Handlung, nicht aber das Parabelstück Bertolt Brechts. Er lässt einen Schauspieler auftreten, der bedauernd zugibt, dass das Ensemble auch keine Lösung für das Problem der Unvereinbarkeit von Armut und Güte gefunden hat. Er drängt aber das Publikum mit Nachdruck dazu, sich selbst eine Möglichkeit zu überlegen, wie Menschen gleichzeitig mitmenschlich handeln und das eigene Überleben sichern können:

■ Der Epilog

»Verehrtes Publikum, los, such dir selbst den Schluß!
Es muß ein guter da sein, muß, muß, muß!« (S. 144)

2. Inhaltsangabe

Vorspiel. Eine Straße in der Hauptstadt von Sezuan

Die wirtschaftliche Situation in Sezuan

Der arme Wasserverkäufer Wang stellt sich und die wirtschaftlichen Probleme in seiner Heimatstadt dem Publikum vor: es herrschen große Armut und Leid. Eine Verbesserung der Situation erwartet er von den Göttern, die, wie er von einem Bekannten erfahren hat, jeden Tag in der Hauptstadt eintreffen könnten. Wang hat sich deshalb am Abend am Eingang der Stadt postiert, um sie als Erster begrüßen zu können.

Tatsächlich erkennt er die drei Götter und sucht nach einer nächtlichen Bleibe für sie. Nach einiger Zeit kehrt er enttäuscht zu ihnen zurück, weil er niemanden gefunden hat, der bereit ist, ihnen eine Unterkunft zu bieten. Diese Auskunft veranlasst den Zweiten Gott, von einem Scheitern ihrer Mission zu sprechen (S. 10). Bisher haben sie vergeblich nach Menschen gesucht, denen es möglich ist, unter den existierenden Bedingungen gut zu anderen Menschen zu sein und zu überleben. Obwohl es Wang auch weiterhin nicht gelingt, ein Quartier für sie zu besorgen, sind die Götter nicht bereit, ihre Zuversicht aufzugeben, hinreichend gute Menschen zu finden.

Schließlich wendet sich Wang an die Prostituierte Shen Te, die er gegenüber den Göttern als den »beste[n] Mensch[en] von Sezuan« (S. 13) bezeichnet. Sie entspricht Wangs Bitte nach einer Unterkunft für die

Götter, obwohl sie sich dadurch selbst in eine noch größere Notlage bringt: Sie muss einen Kunden abweisen und kann dadurch womöglich ihre Miete nicht mehr bezahlen. Wang führt die Götter zunächst von Shen Tes Unterkunft fort, um zu verhindern, dass diese durch den erwarteten Kunden von Shen Tes Beruf erfahren. Shen Te und er verpassen sich schließlich, als Wang die Götter in Shen Tes Zimmer zurückbegleiten will und Shen Te sich zugleich auf die Suche nach ihm begibt. Wang, der zum Wasserverkauf einen Becher mit doppeltem Boden nutzt, fürchtet, von den Göttern als Betrüger entlarvt und von Shen Te im Stich gelassen worden zu sein, und verlässt den Platz vor ihrem Haus. Shen Te führt die Götter nunmehr allein in ihr Zimmer.

■ Shen Te: der erste gute Mensch Sezuans?

Am nächsten Morgen brechen die Götter auf und danken Shen Te für ihre Güte. Sie weist dieses Lob zurück (S. 15), denn sie ist davon überzeugt, dass es ihr trotz aller Vorsätze nicht möglich ist, zu allen Mitmenschen gut zu sein und gleichzeitig zu überleben: »Selbst wenn ich einige Gebote nicht halte, kann ich kaum durchkommen.« (S. 16) Die Götter ringen sich dazu durch, ihr »über tausend Silberdollar« (S. 18) zu schenken, damit sie die Gebote einhalten kann. Zugleich sind sie hocherfreut, denn sie glauben, mit Shen Te bereits eine Person gefunden zu haben, die die göttlichen Suchkriterien erfüllt.

■ Das Geldgeschenk der Götter

1 Ein kleiner Tabakladen

Shen Tes Tabakladen

Von dem großzügigen Geldgeschenk hat sich Shen Te drei Tage nach der Abreise der Götter den Tabakladen von Frau Shin gekauft. Sie verspricht sich von diesem Kauf ein Auskommen und zugleich die Möglichkeit, die Forderung der Götter nach gutem Handeln umsetzen zu können.

Bereits einen Tag, nachdem Shen Te den Laden von ihr erworben hatte, bat die Shin Shen Te um Reis für ihre Kinder. Auch am darauffolgenden Tag erscheint sie, um um Reis zu betteln. Dabei macht die Shin Shen Te Vorwürfe darüber, dass sie ihren Kindern das Zuhause weggenommen habe, und eröffnet ihr, dass es um die wirtschaftliche Situation des Ladens schlechter bestellt sei, als sie Shen Te beim Verkauf des Ladens sagte. So muss Shen Te befürchten, dass der Laden nicht genügend Kundschaft anlocken wird.

Shen Te wird ausgenutzt

Noch bevor sie auch nur eine Kleinigkeit verkaufen kann, drängen sich weitere Menschen bettelnd in den Tabakladen. Shen Te erfüllt ihnen ihre Bitten, so dass sie selbst in finanzielle Engpässe gerät. Ihr ehemaliger Vermieter, der mit seiner Familie auch zu den Bittstellern zählt, rät ihr, einen reichen Vetter zu erfinden. Shen Te erkennt den Egoismus der Anwesenden; gleichwohl entschuldigt sie deren Einstellung, weil die Armut dieses Verhalten bedinge (S. 21).

Es stellt sich heraus, dass die Shin Shen Te noch weiter betrogen hat: Sie verkaufte ihr zusammen mit dem Laden auch dessen Einrichtung, obwohl sie diese selbst noch gar nicht bezahlt hatte. Der Schreiner Lin To, der die Regale des Geschäfts anfertigte, fordert nun Shen Te auf, diese zu bezahlen. Doch sie ist bereits zahlungsunfähig, so dass der Mann ihrer früheren Gastfamilie ihr wieder nahelegt, den erfundenen Vetter zu erwähnen und den Bittsteller so hinzuhalten. Schließlich sind es die Mitglieder der ehemaligen Gastfamilie selbst, die den Schreiner dazu drängen, eine Rechnung an den angeblichen Vetter auszustellen. Shen Te erinnert sich an das Gebot der Götter und ist unglücklich darüber, den Schreiner, der eine Familie zu ernähren hat, nicht entlohnen zu können (S. 23).

■ Betrug und finanzielle Engpässe

Shen Tes prekäre Lage verschärft sich weiter, als ihre Vermieterin, Frau Mi Tzü, hinzukommt und darauf besteht, dass Shen Te ihr einen Vorschuss auf die Miete leistet. Um ihren Laden zu retten, greift Shen Te den Vorschlag des Mannes auf und vertröstet ihre Vermieterin, indem sie auf den Vetter verweist.

■ Erfindung eines Vetters

Die ehemaligen Gastleute Shen Tes wollen sich zusammen mit weiteren Familienmitgliedern in ihrem Laden niederlassen. Um ihre ›Gastgeberin‹ zu unterhalten, singen der Großvater, der Mann und die Nichte »Das Lied vom Rauch« (S. 27 f.), mit dem sie ihre Hoffnungslosigkeit zum Ausdruck bringen.

Es kommt zu einer Auseinandersetzung unter den Familienmitgliedern. Dabei stürzen sie die Regale um, so dass Shen Te verzweifelt um die Zukunft ihres Ladens bangt. Sie erkennt, dass vermeintliche Möglichkeiten, sich aus dem Elend zu retten, zum Scheitern verurteilt sind, weil zu viele arme Leute zugleich versuchen, sich mittels der sich ihnen bietenden Möglichkeiten das eigene Überleben zu sichern. Zwei weitere Familienmitglieder der früheren Gastfamilie begehren Einlass.

Zwischenspiel. Unter einer Brücke

■ Im Traum begegnen Wang die Götter

Nachdem Wang vor den Göttern geflüchtet war, schlief er unter einer Brücke ein. Nun träumt er von ihnen. Sie berichten ihm von ihrer Unterkunft bei Shen Te und tadeln ihn, weil er zu schnell verzweifle. Sie beauftragen ihn, zu Shen Te zurückzukehren, um ihnen zu einem späteren Zeitpunkt über das wohltätige Verhalten Shen Tes zu berichten. Auch soll er Shen Tes Güte beanspruchen, damit sie diese nicht aufgibt. Die Götter selbst wollen nach weiteren guten Menschen suchen, die bezeugen können, dass es möglich sei, sich auf der Erde gütig zu verhalten und zugleich zu überleben.

2 Der Tabakladen

■ Shui Ta übernimmt den Tabakladen

Zu Beginn der 2. Szene betritt Shen Te in der Aufmachung ihres (bloß erfundenen) Vetters Shui Ta den Tabakladen. Shen Tes ›Gäste‹ haben die Nacht in dem Laden verbracht und widersetzen sich zunächst den Bemühungen Shui Tas, sie zum Verlassen des Geschäfts zu veranlassen. Sie pochen auf ihr ›Recht‹ und erwarten, dass Shui Ta ihnen das Frühstück bereitstellt. Als Shui Ta jedoch nichts unternimmt, wollen sie nach Shen Te suchen und schicken einen Jungen der Familie zum Kuchendiebstahl. Shui Ta (alias Shen Te) fürchtet, dass er selbst dadurch seinen guten Ruf verlieren könnte. Er weist sie mit Nachdruck darauf hin, dass sie keine Unterstützung von Shen Te erwarten können, weil die vielen Familienmitglieder Shen Tes Notlage weiter vergrößern.

Zusammen mit Shui Ta hat der Schreiner Lin To den Laden betreten. Er hofft darauf, dass Shui ihm seinen gerechten Lohn für die Stellagen auszahlt. Doch Shui Ta ist nicht bereit, auf seine Forderungen einzugehen. Hartherzig handelt er den Preis für die Stellagen herunter und treibt den Schreiner damit in den Ruin.

■ Der Ruin des Schreiners

Als Lin To den Laden verlassen hat, knöpft sich Shui Ta seine beiden ehemaligen Wirtsleute vor. Er weist sie an, den Raum zu verlassen. Als sie seiner Anweisung nicht folgen, lenkt Shui Ta die Aufmerksamkeit eines Polizisten auf sich und seinen Laden. Er beginnt ein Gespräch mit ihm, arrangiert sich mit dem Ordnungshüter und wartet die Rückkehr des Jungen ab, der mit dem gestohlenen Kuchen das Geschäft betritt. Der Polizist erkennt den Diebstahl und nimmt ihn samt seinen Eltern fest.

■ Geschickter Hinauswurf der Bittstellenden

Nach Lin To kommt nun auch die Vermieterin, Frau Mi Tzü, um die Mietvorauszahlung einzutreiben. Shui Ta erprobt eine andere Strategie, um sie erneut abzuweisen. Er gibt ihr darin recht, dass Shen Te sich nicht richtig verhielt, als sie ihrer ehemaligen Gastfamilie Unterschlupf gewährte, verspricht ihr jedoch zugleich, dass sie sich bessern wird. Aber die Vermieterin bleibt bei ihrer Forderung. Shui Ta appelliert an ihre Gefühle und beschreibt Shen Tes Erfahrungen wirtschaftlicher Not als besonderen Vorteil für die Vermieterin: Um das Elend, das sie einst erlebte, nicht erneut erfahren zu müssen, würde Shen Te vieles dafür tun, ihre Miete zahlen zu können. Auch damit hat er keinen Erfolg bei der Hausbesitzerin: Sie beharrt auf der Vorauszahlung von 200 Silberdollar Halbjahresmiete.

■ Hartherzige Vermieterin

Der Polizist kehrt zurück, um sich bei Shui Ta für die Unterstützung zu bedanken. Shui Ta beschreibt ihm seine Notlage und erläutert ihm seine Absicht, sich lediglich ein einziges Mal um die Lösung von Shen Tes Problemen kümmern zu wollen. Die Auseinandersetzung mit Frau Mi Tzü bescherte ihm eine wichtige Erkenntnis: »[…] Härte und Verschlagenheit helfen nur gegen die Unteren, denn die Grenzen sind klug gezogen.« (S. 41) Er übergibt dem Polizisten zwei Zigarren und gewinnt damit dessen Sympathie. Der Polizist nimmt sich daraufhin die Zeit, sich mit den Sorgen Shui Tas auseinanderzusetzen. Er erkennt zwar die materielle Notlage Shen Tes als Prostituierte an, kritisiert aber ihren Beruf. Er hält es für verwerflich, sich zu verkaufen und bezahlen zu lassen und Sex nicht aus Liebe zu haben (S. 41). Nach einigem Nachdenken glaubt er, die Lösung für Shen Tes Probleme gefunden zu haben: Er empfiehlt Shui Ta, einen Mann für seine Cousine zu suchen, den sie

■ Heirat als Problemlösung?

heiraten kann und der das nötige Kapital in die Ehe mitbringt.

Währenddessen betritt eine alte Frau den Laden. Aus Anlass ihres vierzigsten Hochzeitstages will sie ihrem Ehemann eine Zigarre schenken. Die alte Frau wird Zeugin, wie der Polizist seine Idee in die Tat umsetzt und für Shui Ta die Heiratsannonce aufsetzt, durch die ein geeigneter Heiratskandidat für Shen Te gefunden werden soll.

3 Abend im Stadtpark

In einem Park der Stadt stören zwei Prostituierte, darunter die Nichte der früheren Gastfamilie Shen Tes, einen jungen Mann, der sich umbringen will. Shen Te ist auf dem Weg zum Teehaus, wo sie sich mit einem Mann verabredet hat, der sich auf die Heiratsannonce hin gemeldet hat. Auch sie entdeckt den jungen Mann und setzt alles daran, ihn von seinen Selbstmordgedanken abzubringen. Nachdem ein Missverständnis aufgeklärt ist (der Mann glaubt zunächst, Shen Te wirbt als Prostituierte um ihn), kommen die beiden ins Gespräch und beginnen, sich füreinander zu interessieren. Der verzweifelte junge Mann, Yang Sun, ist ein arbeitsloser Flieger. Shen Te stellt zum einen fest, dass die elenden Verhältnisse viele Menschen zum Selbstmord bewegen (S. 47), zum anderen betont sie, dass es Menschen gibt, die sich trotz ihrer Nöte freundlich und hilfsbereit verhalten und sogar ihr karges Essen noch mit anderen Armen teilen

■ Shen Te verliebt sich

(S. 49). Auf Bitten Yang Suns stellt Shen Te sich ihm genauer vor. Sie berichtet ihm über die Ereignisse der letzten Tage, wobei sie auch auf den Besuch ihres Vetters Shui Ta eingeht – jedoch ohne zu verraten, dass dieser erfunden ist und sie selbst in die Rolle des Shui Ta schlüpfte. Sie betont, dass es sich beim Besuch des Vetters um ein einmaliges Ereignis handelte, worin sich andeutet, dass sie diese Rolle künftig nicht mehr bemühen will.

■ Trinkwasser und der kapitalistische Markt

Im strömenden Regen kommt Wang vorbei und singt das »Lied des Wasserverkäufers im Regen« (S. 50 f.). In diesem Lied beschreibt er die Mechanismen des kapitalistischen Marktes von Angebot und Nachfrage, die er als Wasserverkäufer äußerst drastisch zu spüren bekommt: Sobald es regnet und sich die Menschen ihr Trinkwasser ohne Mühe selbst beschaffen können, hat er kein Einkommen mehr. Shen Te jedoch eilt zu ihm, um ihm Wasser für ihren neuen Freund abzukaufen. Dabei stellt sie dem Wasserverkäufer Yang Sun als einen besonderen Menschen vor. Sie scheint sich in Yang Sun verliebt zu haben.

Zwischenspiel. Wangs Nachtlager in einem Kanalrohr

■ Wang berichtet den Göttern von Shen Te

Wang schildert den Göttern in einem Traum die verschiedenen Wohltaten Shen Tes, was diesen gefällt. Der Wasserverkäufer setzt seinen Bericht fort, indem er auf die finanziellen Nöte Shen Tes und das Eingreifen ihres Vetters Shui Ta hinweist. Er schließt seine

Darstellung mit einem Hinweis auf das Ansehen ab, das Shen Te bei den Menschen in ihrem Viertel genießt: Diese bezeichnen sie als »Engel der Vorstädte« (S. 54). Als Wang Shui Tas ungerechten Umgang mit dem Schreiner Lin To erwähnt, ruft das nicht nur die Empörung der Götter hervor, sondern sie untersagen dem Cousin Shen Tes, dass er sich noch einmal in ihre Geschäfte einmischt. Wangs vorsichtige Parteinahme für den Vetter vermag die Götter nicht zum Einlenken zu bewegen. Obwohl sie zugeben müssen, dass sie von der Geschäftswelt nichts verstehen, bestehen sie darauf, dass Shen Te zukünftig wieder die göttlichen Gebote einhält. Der dritte Gott erklärt das gereizte Auftreten der drei mit ihren Erfahrungen der letzten Tage: Sie sind von den Reichen an die Armen verwiesen worden, die wiederum nicht ausreichend Zimmer zur Verfügung hatten, um sie aufzunehmen. Folglich sind sie nicht ausgeschlafen.

■ Lebensfremde Götter

4 Platz vor Shen Te's Tabakladen

Mehrere Bittstellerinnen und Bittsteller aus Shen Tes Tabakladen verfolgen frühmorgens, wie der Barbier Shu dem Wasserverkäufer mit einer Brennschere die Hand zerschmettert. Nahezu zeitgleich kommt Shen Te gut gelaunt von Yang Sun zurück. Sie will sich im Teppichgeschäft der beiden Alten einen Schal kaufen. Als die alte Frau sie auf die noch nicht bezahlte Halbjahresmiete anspricht, wird deutlich, dass Shen Te sie nicht aufbringen kann. Die beiden großzügigen Alten vertrauen ihr jedoch und leihen ihr die 200 Silberdollar, ohne weitere Sicherheiten zu fordern. Nachdem Shen Te den Laden verlassen hat, trifft sie auf Wang. Erst die Shin lenkt Shen Tes Aufmerksamkeit auf Wangs zerschmetterte Hand. Die Zeugen, die die Schuld des Barbiers bestätigen können, signalisieren, dass sie nicht dazu bereit sind, den Kontakt zur Polizei zu suchen und sich für Wang einzusetzen. Da Shen Te der Meinung ist, dass man entschieden für Menschen eintreten muss, denen Unrecht widerfahren ist (S. 61), erklärt sie sich bereit, für Wang als (angebliche) Zeugin auszusagen. Sie kritisiert die Gleichgültigkeit und die Selbstbezogenheit ihrer Mitmenschen.

Shen Te will sich für Wang einsetzen

Kaum hat sie ihre Kritik formuliert, da kommt Frau Yang, die Mutter Yang Suns, zu ihr gelaufen. Sie berichtet, dass ihr Sohn 500 Silberdollar als Bestechungsgeld benötigt, um seine Stelle als Flieger antreten zu können. Ohne zu zögern, ist Shen Te bereit, ihrem »Geliebte[n]« (S. 64) die soeben von dem alten Ehepaar erhaltenen 200 Silberdollar als ›Vorschuss‹ auf die in Aussicht stehende Stelle zu überlassen. Die noch fehlenden 300 Silberdollar, so kündigt Shen Te an, soll ein Bekannter von ihr (sie meint Shui Ta) auftreiben und ihr damit letztmalig unter die Arme greifen.

Zwischenspiel vor dem Vorhang

Shen Te betritt die Bühne und stimmt das »Lied von der Wehrlosigkeit der Götter und Guten« (S. 65) an. Gleichzeitig kleidet sie sich als Shui Ta und versucht, sich in dessen Gangart fortzubewegen und seine Stimme anzunehmen. In dem Lied beklagt sie in der Rolle Shui Tas, dass die Götter nicht weiterhelfen und die Guten nicht lang »gut bleiben« (S. 65) können, weil sie um ihr eigenes Überleben kämpfen müssen. Deshalb fordert sie Unterstützung, damit die Menschen die bestehenden Verhältnisse überwinden können.

■ Shen Tes Verwandlung in Shui Ta

5 Der Tabakladen

Während Shui Ta (bzw. die als er verkleidete Shen Te) die Zeitung liest, wischt die Shin den Laden und berichtet, dass Shu Fu Interesse an Shen Te gezeigt habe. Yang Sun kommt hinzu und fragt Shui Ta nach dessen Einschätzung zum Verkauf des Ladens: Es interessiert ihn, ob sich durch ihn wohl die 300 Silberdollar erzielen lassen, die ihm als Bestechungsgeld für seine Stelle als Pilot noch fehlen. Als Shui Ta in Frage stellt, ob es klug ist, den Laden zu verkaufen, zeigt sich erneut Yang Suns Egoismus. Ihm ist allein sein berufliches Vorankommen wichtig; Shen Tes Wünsche bedenkt er nicht und will sie zudem nicht in den ethisch fragwürdigen Zweck der Bestechung einweihen: Damit Yang Sun nämlich die Stelle als Flieger erhalten kann,

■ Yang Suns Egoismus

muss ein Hangarverwalter erst einen Fehler eines derzeit angestellten Fliegers entdecken und so dessen Jobverlust erwirken. Als er sich dazu bereit erklärt, Shen Te zu heiraten, kündigt Shui Ta wiederum an, den Laden im Auftrag von Shen Te zu verkaufen, damit Yang Sun die gut bezahlte Tätigkeit als Flieger ausüben kann.

Shui Ta will sich jedoch vorab noch von der eingetroffenen Hausbesitzerin Mi Tzü über den Verkauf beraten lassen. Yang Sun reißt die Verhandlung über den Verkaufspreis an sich und ist trotz aller Widersprüche Shui Tas bereit, den Laden schon für die benötigten 300 Silberdollar zu veräußern. Mi Tzü und Yang Sun sind sich einig und er ist sich seines Erfolgs sicher (S. 71). Shui Tas – d. h. Shen Tes – Annahme, dass er zusammen mit ihr nach Peking reisen werde, weist er schroff zurück. In dem nachfolgenden Dialog muss Shui Ta zur Kenntnis nehmen, dass es Yang Sun nicht um die Liebe geht, sondern dass er ausschließlich seine egoistischen Ziele verfolgt. Daraufhin bittet Shui Ta die Yang Sun bereits überlassenen 200 Silberdollar zurück (S. 72). Der Aufforderung kommt er jedoch nicht nach. Er zeigt sich davon überzeugt, dass er Shen Te ›im Griff‹ habe, die – weil sie eine Frau sei und noch dazu jemand, der Misshandlungen erlitten habe – über keine Vernunft verfüge, lustgesteuert und ihm absolut ergeben sei. Er erteilt Shui Ta die Anweisung, ihm zur Hochzeit die 300 Silberdollar zu übergeben. Nachdem er eine Kiste Zigarren eingesteckt hat, verlässt er den Tabakladen.

Der zurückgelassene Shui Ta beklagt verzweifelt den Verlust des Ladens und seinen Ruin. Er empfindet die Liebe in Zeiten größter wirtschaftlicher Not, in denen man um das eigene Überleben kämpfen muss, als eine tödliche Bedrohung.

Die Shin, die das Geschehen aus dem Gelass mit verfolgt hat, drängt Shui Ta, eine Geldheirat seiner Cousine mit dem Barbier Shu Fu zu arrangieren. Dazu nötigt sie den Barbier heran, der mit schmeichelnden Worten seine Bereitschaft bekundet, Shen Te dabei zu unterstützen, Gutes zu tun (S. 74). Diese untermauert er auch sogleich, indem er ihr seine leerstehenden Häuser als mögliche Unterkunft für die obdachlosen Bettelnden zur Verfügung stellt.

■ Schmeicheleien des Herrn Shu Fu

Wang erscheint in Begleitung des Polizisten, um Shen Te um die Zeugenaussage gegen den Barbier zu bitten, der ihm die Hand verletzte. Shen Te will ihre Zukunft aber nicht durch eine Falschaussage gefährden und verweigert darum (in der Rolle des Shui Ta) ihre Hilfe. Wang sieht am Ende ein, dass Shui Ta nichts für ihn unternehmen wird, und wird vom Polizisten verwarnt, der vermutet, Wang habe Shu Fu zu Unrecht der Körperverletzung bezichtigt.

■ Shui Ta verweigert Wang die Hilfe

Der Barbier will sich seiner Sache ganz sicher sein und fragt bei Shui Ta nach, ob Shen Tes Verhältnis zu Yang Sun beendet sei. Shui Ta bejaht diese Frage, woraufhin Shu Fu Shui Ta bittet, ein abendliches Essen zwischen ihm und Shen Te zu arrangieren. Shui Ta sagt ihm das zu und zieht sich ins Gelass des Ladens zurück.

Selbstlob des Barbiers

Der im Laden verbliebene Barbier wendet sich an das Publikum (S. 77), um seine positiven Charaktereigenschaften und sein selbstloses Verhalten hervorzuheben. Er deutet daraufhin der Shin an, dass Shen Te die Beziehung zu Yang Sun aufgekündigt habe und fortan unter seinem Schutz stehen wird.

Kaum hat er diesen Satz ausgesprochen, betritt Yang Sun den Laden und will Shen Te sprechen. Shu Fu hindert ihn daran, in Shen Tes Gelass einzudringen. Während des Gerangels der beiden kehrt diese – nun ohne Verkleidung – aus dem Gelass in den Laden zurück. In der sich anschließenden Unterhaltung unternimmt Yang Sun den Versuch, Shen Te von ihrem Plan abzubringen, mit dem Barbier eine Vernunftehe einzugehen. Zunächst ist er nicht erfolgreich, denn Shen Te lässt seine Argumente abprallen.

Yang Sun gewinnt Shen Te zurück

Schließlich jedoch erinnert Yang Sun Shen Te an die Umstände ihres ersten gemeinsamen Zusammentreffens im Stadtpark. Diese Erinnerungen erschüttern ihre Standhaftigkeit, so dass sie bereit ist, den Liebesschwüren Yang Suns zu glauben. Sie lässt sich auf seine Bitte ein, mit ihm zu gehen. In einem an das Publikum gerichteten Gedicht erläutert sie das Motiv für ihre Entscheidung:

> »Ich will mit dem gehen, den ich liebe. / […] Ich will nicht nachdenken, ob es gut ist.« (S. 80)

Zwischenspiel vor dem Vorhang

Shen Te befindet sich auf dem Weg zu ihrer Hochzeit mit Yang Sun. In einem Monolog (S. 81 f.) zeigt sie sich erschrocken darüber, dass sie, konzentriert auf Yang Suns Pläne in Peking, den Kredit der beiden älteren Eheleute vergessen hat. Erst als die Frau an sie herantrat, um das geliehene Geld zurückzuerbitten, erinnerte sie sich wieder an ihn. Nun hofft sie, auch wenn sie daran einige Zweifel hat, Yang Sun dazu bewegen zu können, auf die Stelle in Peking zu verzichten, damit sie die Alten vor dem Ruin bewahren kann.

■ Shen Tes Monolog

6 Nebenzimmer eines billigen Restaurants in der Vorstadt

Die Hochzeitsgesellschaft wartet auf den Beginn der Zeremonie. Yang Sun informiert zunächst seine Mutter Frau Yang über Shen Tes Weigerung, den Laden zu verkaufen, und über seinen Plan, sich mit Shui Ta zu verständigen, von dem er sich weiterhin die 300 Silberdollar verspricht. Die gutgläubige Shen Te zeigt sich währenddessen, indem sie sich an das Publikum wendet, glücklich über Yang Suns vermeintliches Einlenken, nachdem sie ihm von ihrer Verantwortung für die alten Leute erzählt hatte: Er habe sich nicht enttäuscht darüber gezeigt, die Fliegerstelle nun doch nicht antreten zu können. Während die Brautleute auf die Zukunft anstoßen, wartet Frau Yang ungedul-

■ Warten auf Shui Ta

dig auf den angekündigten Vetter. Auch die Braut bemerkt Frau Yangs Aufregung, und als diese ihr eröffnet, dass man auf Shui Ta warte, erkennt Shen Te die Zusammenhänge. Sie versucht Yang Sun mehrfach zu erklären, dass Shui Ta nicht da auftreten könne, wo sie zugegen sei. Außerdem benötige sie die 200 Silberdollar zurück, weil sie sich verpflichtet habe, den Alten das Geld zurückzugeben. Yang Sun gerät darüber in Rage.

Yang Suns rücksichtslose Geldgier

Da der Vetter weiterhin ausbleibt, reagiert Yang Sun verbittert und nennt seine Braut eine Närrin (S. 89). Shen Te erkennt, dass sie sich in Yang Sun getäuscht hat, dass er auf ihre Wünsche und das Wohl seiner Umwelt keine Rücksicht nimmt. Sie beschreibt noch einmal ihr Dilemma: Einerseits liebt sie einen Egoisten, andererseits sieht sie sich in der Verantwortung für die vielen Bittsteller, denen sie nicht helfen könnte, würde sie ihm folgen. Die Hochzeitsgesellschaft löst sich schließlich auf, nur Yang Sun und seine Mutter sowie Shen Te bleiben zurück. Yang Sun trägt den beiden und den nunmehr nur noch imaginierten Hochzeitsgästen »Das Lied vom Sankt Nimmerleinstag« (S. 91 f.) vor. In ihm geht es um die utopische Vorstellung, dass es eines Tages zu einer Umkehrung der gesellschaftlichen Verhältnisse und zur Verwirklichung des Paradieses kommen werde. An diesem Sankt Nimmerleinstag, so sieht Yang Sun voraus, werde auch sein Traum vom Fliegen in Erfüllung gehen. Vergeblich warten er und seine Mutter darauf, dass Shui Ta zuletzt doch noch eintrifft.

Zwischenspiel. Wangs Nachtlager

Wang träumt erneut von einem Besuch der Götter, deren Verhalten er kritisiert. Anhand seines Gleichnisses über die Brauchbarkeit von Bäumen, die schon in jungen Jahren abgeholzt werden, erläutert er ihnen, wie die Gutmütigkeit Shen Tes schon früh ausgenutzt wurde und dazu führte, dass sie darin scheiterte, ein glückliches Leben zu führen. Das göttliche Gebot der Nächstenliebe habe Shen Te ins Unglück gestürzt. Er fordert die Götter darum dazu auf einzugreifen. Der dritte Gott ist kurzfristig bereit, Wangs Aufforderung nachzukommen, spricht sich dann aber ebenso entschieden wie die beiden anderen Götter gegen ein Eingreifen aus. Sie berufen sich darauf, nur als »Betrachtende« (S. 95) auf der Welt zu sein. Zudem glauben sie, beobachtet zu haben, dass sich besonders Personen, die in prekären Verhältnissen leben, gut verhalten, und entwickeln daraus die Hoffnung, dass sich Menschen wie Shen Te durch ihr Elend besser verhalten.

■ Vergebliche Bitte um Hilfe

7 Hof hinter Shen Te's Tabakladen

Als Shen Te und die Shin hinter dem Tabakladen Wäsche von der Leine nehmen, stürzt Herr Shu Fu in den Hof. Er hat davon gehört, dass Shen Te auf ihre Heirat mit Yang Sun verzichtete, um ihre Schulden bei dem älteren Paar begleichen zu können. Durch einen Blankoscheck versucht er, sich erneut Shen Tes Gunst zu

■ Der Blankoscheck des Herrn Shu Fu

sichern. Sie weigert sich zunächst, den Scheck anzunehmen. Die Shin jedoch drängt dazu, dass Shen Te den Scheck ausfüllt.

Shen Tes Schwangerschaft

Von Shen Tes Übelkeit während des Wäscheabnehmens schließt die Shin darauf, dass sie ein Kind von Yang Sun erwartet. Erst dadurch wird sich Shen Te ihrer Schwangerschaft bewusst und imaginiert nun eine Situation in der Zukunft, in der sie ihrem Sohn einige Bekannte vorstellt und Kirschen aus einem Garten stiehlt. Wang erscheint mit einem Kind des ruinierten Schreiners Lin To in ihrem Tabakladen. Sie nimmt sich des Kleinen an und beauftragt Wang, Lin To zu ihr zu schicken. Auch Wang tut sie Gutes, indem sie ihm einen Wagen schenkt, den er verkaufen soll, um wegen seiner verletzten Hand einen Arzt aufsuchen zu können. Die Shin reagiert verärgert auf Shen Tes Großzügigkeit und wendet sich ab.

Das Paar der früheren Gastfamilie Shen Tes und der Neffe schleppen jeweils einen Tabakballen herbei, den Shen Te zunächst in ihrem Laden und schließlich in ihrer neuen Unterkunft verstecken soll. Nach anfänglichem Zögern erklärt sich Shen Te dazu bereit, die Ballen im Gelass aufzubewahren. Als sie aus dem Gelass zurückkehrt, beobachtet sie das Kind des Schreiners Lin To dabei, wie es Weggeworfenes aus einem Mülleimer isst. Sie reagiert entsetzt auf diese Szene und verspricht dem Ungeborenen in ihrem Bauch, alles für sein Wohlergehen zu tun, auch wenn sie dazu zu einem Raubtier werden müsste (S. 104).

Kindliches Leid als einschneidendes Erlebnis

Diese Erfahrung führt zu einem radikalen Umdenken Shen Tes. Obwohl sie sich nicht wieder in Shui Ta verwandeln wollte, ist sie nunmehr sofort bereit, in seine Rolle zu schlüpfen. Sie will die Hilfesuchenden nur noch unterstützen, wenn sie für sie arbeiten. In der Rolle des Shui Ta unterbreitet sie ihren Bittstellenden das Angebot, sich Unterkunft und Verpflegung mit Arbeit zu verdienen, was diese nur widerwillig akzeptieren. Dass Shen Te das Wohl ihres Kindes über ihre Gutmütigkeit und Rechtschaffenheit stellt, wird durch zwei ihrer Entscheidungen deutlich: Erstens nutzt sie die Großzügigkeit des Barbiers Shu Fu aus, indem sie in dessen Blankoscheck die hohe Summe von 10 000 Silberdollar einträgt; zweitens beschließt sie, sich eine Existenz aufzubauen, indem sie den bei ihr deponierten Tabak ihrer Gastfamilie weiterverarbeiten lässt. Zwar meldet die Familie Anspruch auf den Tabak an, doch weiß Shen Te genau, dass sie davor zurückscheuen würde, den Diebstahl der Polizei zu melden (S. 107).

■ Shui Tas Rückkehr

■ Das Kindeswohl steht an erster Stelle

Schließlich sehen die Hilfesuchenden ihre Zwangslage ein und begleiten Shui Ta (alias Shen Te) zu den Häusern des Shu Fu, die nun zur Tabakfabrik umfunktioniert werden. Wang und die Shin bleiben im Tabakladen. Hinzu kommt die alte Frau, die darauf gewartet hat, dass Shen Te ihr das geliehene Geld zurückbringt. Die alte Frau und Wang empfinden das plötzliche Verschwinden Shen Tes, von der sie erwartet hätten, dass sie ihre Versprechen einhält und das geliehene Geld zurückbringt sowie dem verletzten Wang Hilfe leistet, als sehr seltsam. Beide sind ande-

■ Shui Tas Tabakfabrik

rerseits zuversichtlich, dass sie bald wieder auftaucht. Als erste Person scheint die Shin Verdacht zu schöpfen, dass Shen Te und Shui Ta eine Person sein könnten: Sie bemerkt, dass Shui Ta eine Hose trägt, die sie zuvor auf Shen Tes Wäscheleine sah.

Zwischenspiel. Wangs Nachtlager

Wang trifft im Traum wieder auf die Götter, die immer noch auf der Suche nach guten Menschen sind. Er schildert ihnen seine Sorge um Shen Te, die ihm im Traum im Schilf eines Flusses erschienen sei, in dem häufig Selbstmörder gefunden werden. Sie sei bemüht gewesen, die auf ihr lastenden göttlichen Gebote über den Fluss zu transportieren, ohne sie vom Wasser beschädigen zu lassen. In seiner Sorge schlägt Wang den Göttern Milderungen der Vorschriften vor, die die Götter jedoch strikt ablehnen, weil Wangs Alternativvorschläge ihrer Meinung nach keine Erleichterung bedeuten würden, sondern für die Menschen noch schwerer umzusetzen seien (S. 109 f.).

■ Wangs Bitte um Milderung der Gebote

8 Shui Ta's Tabakfabrik

■ Die Entwicklung Yang Suns

Seit drei Monaten arbeitet Yang Sun in Shui Tas Tabakfabrik, die dieser in den Baracken des Shu Fu eingerichtet hat. Nun tritt seine Mutter vor das Publikum und erklärt, dass Shui Ta aus ihrem »verkommenen« Sohn einen »nützlichen« (S. 111) Menschen geformt hat. Es folgen – unterbrochen von erläuternden, an das Publikum gerichteten Redebeiträgen Frau Yangs – Rückblenden, die den Wandel Yang Suns szenisch veranschaulichen. Die erste Rückblende zeigt, wie Shui Ta Yang Sun, der das Heiratsversprechen gebrochen und die von Shen Te geliehenen 200 Silberdollar ausgegeben hat, in seiner Fabrik eine Chance gibt, den Schaden wiedergutzumachen (S. 112).

Die nächste Szene verdeutlicht, wie es Yang Sun gelingt, sich nach drei Wochen bei Shui Ta ins rechte Licht zu setzen. Yang Sun nimmt dem erschöpften Schreiner Lin To einen Ballen ab und trägt ihn selbst – dabei beschimpft er jedoch Lin To. Er bietet seine Hilfe nur deshalb an, weil Shui Ta sich nähert und er seinen Arbeitswillen zur Schau stellen will. Shui Ta lobt in der Folge Yang Sun und zwingt Lin To zu noch härterer Arbeit (S. 113).

Beruflicher Aufstieg

Schließlich gelingt es Yang Sun durch eine List, dem Aufseher der Fabrik den Posten streitig zu machen: Bei der Lohnauszahlung soll er einen Silberdollar mehr erhalten, als ihm zusteht. Diesen weist er jedoch zurück und demonstriert so seine Ehrlichkeit. Dem anwesenden Shui Ta legt Yang Sun im vertraulichen Gespräch nahe, dass der Aufseher den Fabrikarbeitern häufig unangemessen hohe Löhne auszahlt, und bietet sich sogleich selbst als neuer Aufseher an (S. 115). Zuletzt tritt Yang Sun als Aufseher auf, der die Belegschaft unbarmherzig zu schnellerer Arbeit antreibt. Yang Suns Mutter deutet an, dass er sich mit diesem Verhalten keine Freunde unter den Arbeitern machte, er sich davon jedoch nicht beeindrucken ließ.

Parabelhaftes Lied

In dem »Lied vom achten Elefanten« (S. 116 f.), das einer der Arbeiter vorträgt, geht es um acht zur Waldrodung eingesetzte Elefanten. Die sieben ungezähmten unter ihnen sollen die Bäume roden, während der achte, zahme dem Waldbesitzer als Reittier dient und die sieben übrigen zu schnellem Arbeiten antreibt. Als diese die Arbeit schließlich verweigern, gibt der Waldbesitzer nur dem achten Elefanten zu essen. Dieser verwundet schließlich mit seinem Stoßzahn die sieben übrigen, denen die Zähne inzwischen fehlen.

Im Anschluss an das Lied tritt Frau Yang wieder nach vorne und fasst noch einmal lobend die Verdienste Shui Tas um die (vermeintliche) Besserung Yang Suns zusammen.

9 Shen Te's Tabakladen

Shui Ta erhält Besuch vom alten Teppichhändlerpaar, das Shen Te die 200 Silberdollar lieh. Das ältere Ehepaar hat die Summe nun per Post zurückerhalten, und die Alte erbittet sich von Shui Ta die Adresse Shen Tes, die dieser ihr (selbstverständlich) nicht nennen kann. Von der Shin erfährt Shui Ta, dass der Laden des Ehepaars mittlerweile ruiniert ist, weil Shen Tes Geld zu spät kam und die beiden die Steuern nicht rechtzeitig aufbringen konnten.

Ruin des Teppichhändlerpaars

Als die beiden Alten den Laden wieder verlassen haben, zeigen sich erneut Schwangerschaftsbeschwerden bei Shui Ta (alias Shen Te). Die Shin, die

die Doppelrolle durchschaut hat und Shen Te womöglich mit ihrem Wissen erpresst (sie ist »auffallend neu gekleidet«, S. 118), erklärt sich gegen Geld dazu bereit, ihm zu helfen.

Die Shin als Mitwisserin

In diesem Augenblick betritt Yang Sun gut gekleidet den Laden. Er verwaltet nunmehr die Tabakfabrik und fordert Shui Ta dazu auf, sich wieder stärker im Unternehmen zu engagieren, da die Polizei für die große Belegschaft größere Räumlichkeiten fordert und die feuchten Baracken schlechte Lagerungsbedingungen für den Tabak bieten.

Während der Beratungen zwischen den beiden taucht Wang auf, der einen weiteren Versuch unternimmt, bei Shui Ta den augenblicklichen Aufenthaltsort Shen Tes zu erfragen. Shui Ta erteilt ihm keine Antwort, und Wang gerät in Aufregung: Er teilt den Anwesenden (unter ihnen Yang Sun) mit, dass Shen Te ihm vor ihrem Verschwinden von ihrer Schwangerschaft erzählte, dass er beobachtete, wie (ganz nach Shen Tes Gewohnheit) wieder Reis für Bedürftige vor der Tür stand, und dass man so vermuten könnte, Shen Te sei gar nicht verreist. Er droht Shui Ta damit, dass seine und Shen Tes Freunde nicht aufhören würden, nach ihr zu suchen.

Suche nach Shen Te

Yang Sun wiederum gerät über die Neuigkeit der Schwangerschaft Shen Tes in Aufregung: Er ist sich sicher, Vater des Kindes zu sein, und vermutet, Shui Ta habe Shen Te fortgebracht, um ihm das Kind vorzuenthalten. Aus dem Gelass, in das Shui Ta sich zurückgezogen hat, vernimmt er ein Schluchzen. Als

Shui Ta zurückkehrt, beginnt Yang Sun einen Streit mit ihm, der seinen Egoismus erneut aufs deutlichste zur Geltung bringt: Yang Sun legt nahe, dass Shui Ta Shen Te womöglich gefangen hält, und hofft darauf, die Fabrik in diesem Wissen selbst übernehmen zu können – durch Einlenken Shui Tas oder durch dessen Verhaftung durch die Polizei, der er den Fall melden will, falls Shui Ta nicht kooperieren würde. Er deutet an, dass er Shen Te im Gelass vermutet, und beschließt, sich mit Wang zu besprechen.

■ Geschäftliche Schwierigkeiten

Bevor Shen Te in der Rolle des Shui Ta wegen der notwendigen neuen Fabrikräume mit Mi Tzü und Shu Fu verhandelt, lässt sie schnell alle Gegenstände aus dem Gelass verschwinden, die auf ihre Anwesenheit schließen lassen. Die anschließenden Verhandlungen gestalten sich schwierig. Shu Fu weigert sich, Geschäftliches mit Shui Ta zu besprechen, sondern will Shen Te treffen, während Mi Tzü der Polizei die zukünftige Nutzung ihrer Fabrikräume für die Tabakfabrik nur dann bestätigen will, wenn sich Shui Ta im Gegenzug von Yang Sun trennt, den sie selbst als Verwalter einstellen will. So gerät Shui Ta zusehends unter Druck.

■ Shui Ta wird verdächtigt

Der Druck wird noch größer, als Yang Sun, Wang und der Polizist den Laden betreten und nach dem Verbleib Shen Tes fragen. Als der Polizist den Laden durchsucht, stößt er zwar nicht auf Shen Te, aber Yang Sun entdeckt das Paket mit Shen Tes Kleidung, das sie (in der Rolle des Shui Ta) kurz zuvor unter dem Tisch versteckt hat. Nachdem Shui Ta sich weigert, dem Polizisten Shen Tes Aufenthaltsort zu nennen, bittet dieser Shui Ta, ihm auf die Wache zu folgen. Die Volksmenge streut das Gerücht, Shui Ta habe Shen Te umgebracht und ihre Leiche beseitigt (S. 129).

Zwischenspiel. Wangs Nachtlager

Wang trifft sich im Traum wieder mit den Göttern, die völlig heruntergekommen sind. Er berichtet ihnen, dass Shui Ta verhaftet worden sei, weil er verdächtigt wird, Shen Te aus Habgier getötet zu haben. Die Götter reagieren bestürzt, haben sie sich doch nach erfolgloser Suche nach einem vollkommen guten Menschen dafür entschieden, auf Shen Te zu setzen. Der erste Gott erklärt die Mission der Götter für gescheitert, wenn Shen Te nicht doch noch gefunden wird. Der dritte Gott gibt ein Urteil zu den göttlichen Vorschriften ab: Wohltätigkeit gegenüber anderen ruiniere das eigene Leben. Er fürchtet, dass die Gebote gänzlich gestrichen werden müssen, um den Menschen das Überleben zu ermöglichen (S. 131). Der erste Gott ermahnt die anderen, hoffnungsvoll zu bleiben und nach Shen Te zu suchen, dem einzig guten Menschen, auf den sie gestoßen sind.

■ Das Scheitern der Götter

10 Gerichtslokal

Freunde und Bekannte Shen Tes haben sich im Gericht eingefunden, um die Verhandlung gegen Shui Ta zu verfolgen. Man spekuliert über die Erfolgsaussichten Shui Tas angesichts der Bestechlichkeit der Richter.

■ Gerichtsverhandlung gegen Shui Ta

Götter als Vorsitzende

Jedoch haben die Götter den Richter unpässlich gemacht und sich den Vorsitz des Gerichts erschlichen. Als Shui Ta sie erblickt, erleidet er einen Schwächeanfall. Nacheinander sprechen sich der Polizist, Herr Shu Fu und die Mi Tzü für Shui Ta aus. Danach nehmen die Götter die Aussagen der Freunde Shen Tes zur Kenntnis, die im Wesentlichen aus Vorwürfen und Anfeindungen gegen Shui Ta bestehen. Am Ende äußert sich Shui Ta selbst zu den Anschuldigungen. Er nennt als Hauptmotiv seines Handelns die Rettung des Ladens Shen Tes. Es entwickelt sich eine heftige Auseinandersetzung zwischen Shui Ta und seinen Gegnern. Er bemüht sich, die vorgebrachten Vorwürfe zu entkräften und seine Entscheidungen zu rechtfertigen. Für die Anwesenden überraschend legt Yang Sun ein gutes Wort für Shui Ta ein: Da er glaubt, das Schluchzen Shen Tes in dem Gelass gehört zu haben, schließt er aus, dass Shui Ta seine Cousine ermordet hat. Es folgen neuere Beschuldigungen, die darum kreisen, dass Shui Ta das wohltätige Verhalten seiner Cousine unterbunden habe, und einige Versuche Shui Tas, seine Motive klarzustellen: Er habe die Voraussetzungen dafür schaffen wollen, dass Shen Te zugleich Gutes tun und einen Lebensunterhalt für sich und ihr Kind verdienen kann. Schließlich gibt Shui Ta seinen Widerstand auf: Er kündigt ein Geständnis an, wenn dazu der Saal geräumt würde.

Der Polizist räumt das Gerichtslokal. Daraufhin legt Shen Te ihre Maske ab und zieht ihre Verkleidung aus. Sie gesteht, sowohl Shui Ta als auch Shen Te zu sein. In einem langen Monolog stellt sie ihre komplizierte Situation dar: Sie habe die göttlichen Vorschriften einhalten wollen, jedoch dabei erfahren, dass sie nicht gleichzeitig gut zu sich und zu ihren Mitmenschen sein kann. Wenn sie weiter ihre Vorsätze in die Tat umgesetzt hätte, hätte ihr der Ruin gedroht. Sie beklagt, nicht in der Lage gewesen zu sein, die Vorgaben der Götter zu erfüllen (S. 140).

■ Shui Ta gibt sich als Shen Te zu erkennen

Shen Tes Einlassungen stürzen die Götter in eine große Verzweiflung. Sie spielen die Verfehlungen Shen Tes herunter, um den eigenen Glauben an die Umsetzbarkeit ihrer Gebote zu wahren. Ohne Einsicht zu zeigen, entziehen sie sich der Welt, indem sie auf einer rosa Wolke in ihr Reich zurückkehren.

■ Mangelnde Einsicht und …

Während sie aufsteigen, weisen sie sämtliche Hilfsgesuche Shen Tes zurück. Der erste Gott kann sich lediglich dazu durchringen, ihr Mut zuzusprechen: »Du kannst es. Sei nur gut, und alles wird gut werden!« (S. 141) Den wieder eintretenden Zeugen teilen die Götter die Rückkehr Shen Tes mit, der sie verbieten, häufiger als einmal im Monat in die Rolle Shui Tas zu schlüpfen. Ratlos und hilfesuchend bleibt Shen Te zurück, nachdem die Götter, wie sie im »Terzett der entschwundenen Götter auf der Wolke« ankündigen, in ihr »Nichts« (S. 143) entschwunden sind.

■ … Flucht der Götter

Epilog

Appell an das Theaterpublikum

Die Handlung um Shen Te und das Leben der armen Bevölkerung in Sezuan ist beendet. Nun wendet sich ein Schauspieler mit einem dringenden Appell an die Zuschauerinnen und Zuschauer. Er gesteht ihnen, dass dem Ensemble – obwohl ihm klar gewesen sei, dass es die Erwartungen des Publikums zu befriedigen habe – keine Lösung für das Scheitern der Götter in ihrer Suche nach einem grundguten Menschen eingefallen sei. Lösungsvorschläge seien ihnen unzureichend erschienen: »Soll es ein andrer Mensch sein? Oder eine andre Welt? Vielleicht nur andere Götter? Oder keine? Wir sind zerschmettert« (S. 144). Der Schauspieler fordert darum das Publikum dazu auf, sich selbst um ein zufriedenstellendes Ende zu bemühen, d. h. um eine Idee, wie Menschen zu anderen Menschen bedingungslos gut sein können.

3. Figuren

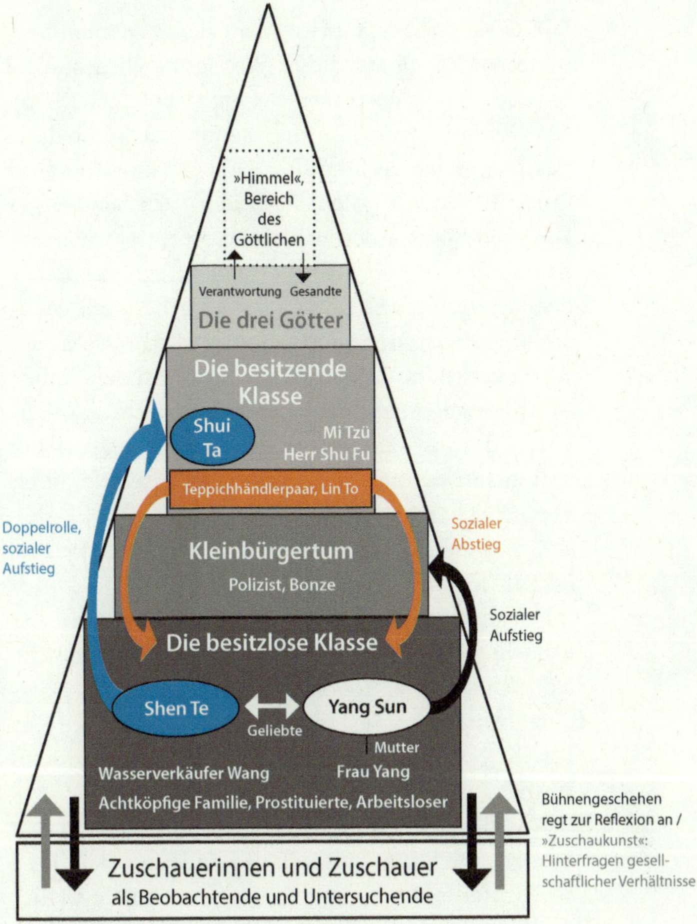

Abb. 1: Figurenkonstellation

Die Götter

Die Götter haben Beschwerden der Menschen vernommen, es sei auf dieser Welt unmöglich, gut zu bleiben und die göttlichen Gebote zu befolgen (S. 10). Ein Gremium von Göttern lässt nun prüfen, ob diese Beschwerden berechtigt sind. Drei von ihnen sind auf ihrer Suche nach guten Menschen nach Sezuan gekommen. Sie werden namentlich nicht genauer benannt, sondern nur durch Ordinalzahlen voneinander unterschieden. Es ist ihre Aufgabe, gute Menschen aufzuspüren und so die Haltlosigkeit der Beschwerden zu beweisen. In ihrem Handeln haben sie sich an den Beschlüssen des Gremiums zu orientieren, das vorsieht, dass sie lediglich beobachten und sich ansonsten aus allen Angelegenheiten der Welt möglichst heraushalten.

■ Aufgabe der Götter

■ Pflicht der Tatenlosigkeit

Gut genährt und in Menschengestalt treten sie zu Beginn der Handlung als Quartiersuchende auf. Durch ihr Geldgeschenk an die Hauptfigur nehmen sie maßgeblichen Einfluss auf den Fortgang der Ereignisse – jedoch sind sie nach eingehender Besprechung übereingekommen, dass sie eine Entlohnung Shen Tes für ihr Nachtlager »oben […] verantworten« (S. 16) können.

■ Das göttliche Geldgeschenk

Anschließend spielen sie allein in den Träumen Wangs eine Rolle, bevor sie am Ende der Handlung als Richter in der Verhandlung gegen Shui Ta wieder in der fiktiven Realität des Theaterstücks in Erscheinung treten. Zuletzt zeigen sie sich entmutigt und enttäuscht über die Unfähigkeit der Menschen, ihre Gebote zu befolgen, und verlassen schließlich, uneinsichtig und wenig hilfsbereit, fast fluchtartig die menschliche Welt.

Fluchtartiges Verlassen der menschlichen Welt

Der erste Gott

Der erste Gott steht in der Hierarchie der göttlichen Besuchergruppe an der Spitze, was sich auch durch seine vergleichsweise hohen Redeanteile zeigt. Zudem führt er während der Gerichtsverhandlung den Vorsitz. Er setzt alles daran zu beweisen, dass es auf der Welt möglich ist, die göttlichen Gebote zu befolgen. Deshalb verschließt der erste Gott Ohren und Augen vor den herrschenden gesellschaftlichen und wirtschaftlichen Umständen. Dass Veränderungen notwendig wären, damit die Menschen die göttlichen Gebote einhalten können, will er nicht eingestehen. Shen Tes Beteuerungen, dass sie nicht überleben könne, wenn sie die Gebote einhalte, spielt er herunter, um ihr fast im gleichen Atemzug die Einhaltung der Vorschriften zu gebieten (S. 140 f.). Wang fordert er auf, ihm und seinen Gefährten über Shen Tes Umgang mit den göttlichen Weisungen zu berichten und ihre Wohltätigkeit regelmäßig einzufordern (S. 31). Dass er die Mechanismen des kapitalistischen Wirtschaftssystems – und folglich die Schwere der Not Shen Tes – nicht durchschaut (S. 55), mag dazu beitragen, dass er Shen Tes ›Erfindung‹ des Vetters generell ablehnt. Er besteht viel-

Prinzipientreuer Anführer

mehr darauf, dass sie sich hilft, ohne aus ihrer sozialen Rolle zu treten.

Obwohl er mehrfach Grund zur Annahme hat, dass die ›göttliche Mission‹ gescheitert ist, unternimmt er immer wieder Versuche, die Erfüllbarkeit der göttlichen Gebote doch noch zu beweisen. Dazu stellt er möglichst einfache Beweiskriterien auf, indem er etwa erklärt, dass nunmehr auch ein einzelner guter Mensch als Beleg dafür ausreicht, dass es möglich ist, gut zu sein und sich zugleich ein Auskommen zu sichern (S. 10). Am Ende der gerichtlichen Untersuchung wiederholt er »[v]erbissen« (S. 141) die Überzeugung, die göttlichen Gebote seien umsetzbar, um sich kurz darauf und möglichst rasch aus der menschlichen Welt zurückzuziehen. Auf die Hilferufe Shen Tes reagiert er mit einer wenig hilfreichen Floskel: »Sei nur gut, und alles wird gut werden!« (S. 141) Er zieht sich also aus der Affäre, anstatt zu gesellschaftlichen und wirtschaftlichen Veränderungen beizutragen, die den Menschen die Einhaltung der göttlichen Gebote erleichtern.

Der zweite Gott

Pflichtbewusst und unbarmherzig

Der zweite Gott besteht darauf, die Vorgaben des göttlichen Gremiums genau umzusetzen. Entsprechend gibt er, als das Geldgeschenk an Shen Te zur Debatte steht, zu bedenken, dass sich die Götter aus wirtschaftlichen Fragen herauszuhalten haben und man sich »oben« (S. 16) zu verantworten habe. Für das

Leid der Menschen scheint er wenig empfänglich. Auch den anderen Göttern gegenüber zeigt er sich unbarmherzig. So fordert er vom ersten Gott, Haltung zu bewahren, als dieser über Shen Tes Schicksal völlig verzweifelt ist (S. 130).

Der dritte Gott

Einfühlsamer Menschenfreund

Der dritte Gott zeichnet sich durch seine Menschenfreundlichkeit aus. Zahlreiche Regieanweisungen weisen auf seine Freundlichkeit, sein Lächeln und seine Empathiefähigkeit hin. Er kann sich in Shen Tes soziale und wirtschaftliche Situation versetzen und die Folgen nachvollziehen. So erhält Shen Te vor allem aufgrund seiner Bemühungen die 1000 Silberdollar dafür, dass sie den Göttern das Nachtquartier bietet (S. 16 f.). Später entschuldigt er sich bei Wang für die Gereiztheit der Götter, die er darauf zurückführt, dass sie übermüdet und unausgeschlafen sind (S. 55). Brecht lässt den dritten Gott zudem immer den Fortschritt ihrer Mission verkünden. So gibt er Wang gegenüber zu, dass es nicht zum Besten mit ihrer Suche nach guten Menschen stehe (S. 94). Später bringt er Wang davon ab, auf eine »Herabminderung der Vorschriften« (S. 109) zu bestehen, indem er ihm erklärt, dass dessen Vorschläge für Änderungen der Gebote noch schwerer einzuhalten seien als die aktuell gültigen (S. 110). Wang gegenüber gesteht er, dass die Einhaltung der göttlichen Gebote tödlich sei (S. 131) – und scheint damit im Vergleich zu seinen beiden Gefährten der Gott zu sein, der die Gefahren des kapitalistischen Wirtschaftssystems, wie sie das gesellschaftliche Leben in Sezuan prägen, am besten durchschaut.

Die besitzende Klasse (Ausbeutende)

Mi Tzü

Gefühlskalte Vermieterin

Mi Tzü gehört das Haus, in dem sich Shen Tes Laden befindet. Vor den Richtern bezeichnet sie sich selbst als eine »angesehene Bürger[in] dieser Stadt« (S. 128). Dazu gehört, dass sie großen Wert auf ihr öffentliches Ansehen legt. Sie fordert zunächst Referenzen von Shen Te, um einen Mietvertrag in ihrem »respektable[n]« (S. 38) Haus mit ihr abzuschließen. Des Weiteren scheint sie Informationen über Shen Tes Lebenswandel eingeholt zu haben. Dass Shen Te als Prostituierte tätig war, sagt der auf ihren Ruf bedachten Frau nicht zu. Als Shui Ta darauf hinweist, dass die sozialen Verhältnisse daran schuld sind, dass seine Cousine durch Prostitution ihre Existenzgrundlage sichern musste, verbittet sie sich jedwede »Gefühlsduseleien« (S. 38) – von der wirtschaftlichen Not der unteren Schichten der Gesellschaft scheint sie nichts wissen zu wollen. Obwohl sie kein »Unmensch« (S. 38) sein will, besteht sie unnachgiebig darauf, dass die Miete in Höhe von 200 Silberdollar halbjährlich im Voraus entrichtet werden muss. Selbst Shui Tas Appell an ihr »Herz« (S. 39) weist sie eiskalt zurück.

Als Shui Ta sie später über Shen Tes finanzielle

Notlage und über ihren Wunsch, mit ihrem zukünftigen Ehemann nach Peking zu gehen, informiert, nutzt sie in ihrer berechnenden Art die Situation aus. Um das »junge[] Liebesglück« (S. 71) zu fördern, sei sie ausnahmsweise bereit, die weit unter dem Wert liegende Summe von 300 Silberdollar für Shen Tes Laden zu zahlen.

■ Geldgier

Wie sehr sie ihre persönlichen Vorteile sucht, zeigt sich in den Verhandlungen, die Shui Ta zur Vergrößerung seiner Produktionsräume mit Mi Tzü führt. Sie nennt als Bedingung für ihre Zustimmung, dass er ihr Yang Sun »überl[ässt]« (S. 126), dessen Fähigkeiten sie für die Führung ihrer Geschäfte nutzen will.

Herr Shu Fu

Mi Tzü zählt auch Herrn Shu Fu, einen Barbier des Viertels, zu den »angesehene[n] Bürger[n] dieser Stadt« (S. 128). Sie ähneln sich stark in ihren geschäftlichen Interessen und ihrem Verhalten. Als Wang den Kunden im Salon des Herrn Shu Fu sein Wasser zum Trinken anbietet, erteilt der Barbier ihm eine »Lektion« (S. 56). Um seine wirtschaftlichen Interessen zu schützen – er möchte nicht, dass Wang ihm die Kunden mit seinem »verstunkenen Wasser« (S. 56) vergrault , zerschmettert er Wangs Hand brutal mit seiner Brennschere, so dass der Wasserverkäufer sie dauerhaft nicht mehr benutzen kann und in seiner Arbeit beeinträchtigt ist. Es zeigt sich hier nicht nur Shu Fus aufbrausender Charakter, sondern auch sein Egois-

■ Brutaler Barbier

Geldgier

mus: Sein eigenes Geschäft ist ihm so wichtig, dass er die Not wirtschaftlich weitaus schlechter gestellter Menschen wie Wang unbeachtet lässt.

Heiratskandidat für Shen Te

Als Shen Te wegen Yang Sun in eine finanzielle Schieflage gerät, bringt die Shin gegenüber dem Vetter den Barbier, der schon früher sein Interesse an Shen Te und ihren Vermögensverhältnissen bekundet hat (S. 67), als finanzstarken Heiratskandidaten ins Gespräch. Herr Shu Fu wirbt um Shen Te, indem er sie bei ihren guten Taten unterstützt: Er stellt ihr seine Häuser als Unterkünfte für Obdachlose zur Verfügung (S. 74 f.) und stellt ihr, als ihr der finanzielle Ruin droht, einen Blankoscheck aus, damit sie sich weiter um die Bedürftigen kümmern kann, die ihren Laden aufsuchen (S. 97). Seine angebliche Absicht, Shen Te selbstlos bei ihren guten Taten zu unterstützen und also Hilfe für Bedürftige zu leisten, wirkt angesichts seines gewalttätigen und skrupellosen Umgangs mit Wang unglaubwürdig. Auch seine Rede zum Publikum (S. 77 f.), in der er sich für sein selbstloses Engagement lobt und zugleich betont, die unglückliche Shen Te nicht ausnutzen und körperlich belästigen zu wollen, sondern »Verständnis und Hilfe« (S. 78) anzubieten, lässt Zweifel an seinen vorgeblichen Motiven aufkommen: Wie seine übertrieben Lob heischende Rede zeigt, ist er sehr an seinem eigenen guten Ruf interessiert, den er durch die finanzielle Unterstützung Shen Tes, des »Engel[s] der Vorstädte« (S. 74), verbessern kann. Auch zeigt sein Umgang mit Wang, dass ihm nicht daran gelegen ist, »Ver-

Angebliche Großzügigkeit vs. …

… Eitel- und Skrupellosigkeit

ständnis« (S. 78) für die wirtschaftliche Not der Ärmeren aufzubringen. Man kann also vermuten, dass Shu Fu durch Lügen die Sympathien des Publikums gewinnen will, ihm in Wahrheit jedoch sehr wohl daran gelegen ist, Shen Tes Notlage auszunutzen.

Ein weiterer Hinweis darauf, dass Shu Fu nicht aus Selbstlosigkeit handelt, ist seine Ungeduld mit Shui Ta: Nachdem Shen Te auf längere Zeit in die Rolle des Shui Ta geschlüpft ist, um ihre wirtschaftliche Situation im Hinblick auf das erwartete Kind zu verbessern, wird Herr Shu Fu ungeduldig und teilt Shui Ta aufgebracht mit, allein mit Shen Te weitere Verhandlungen führen zu wollen (S. 125). Für seine Unterstützung verlangt er also eine Gegenleistung: Er bezweckt, Zeit mit Shen Te zu verbringen und um sie zu werben.

Herr Shu Fu beweist seine Solidarität mit anderen Angehörigen der besitzenden Klasse, als er sich vor Gericht für seinen Geschäftspartner Shui Ta ausspricht (S. 134).

Shui Ta (alias Shen Te)

Shui Ta (alias Shen Te) hat sich durch die Errichtung der Tabakfabrik in die besitzende Klasse emporgearbeitet. Seine Charakterisierung erfolgt, in Verbindung mit der Shen Tes, am Ende dieses Kapitels (S. 58–62).

■ Aufstieg in die besitzende Klasse

Die besitzlose Klasse (Ausgebeutete)

Die Shin

Von der Betrügerin …

Die Shin hat Shen Te mehrfach betrogen, als diese ihr den in einem ärmeren Viertel Sezuans gelegenen Laden abkaufte. So verschwieg sie ihr die geringe Kundschaft sowie den Umstand, dass die Einrichtung des Ladens noch nicht beim Schreiner bezahlt war. Nun wendet sie sich als Bittstellerin an Shen Te. Dabei versucht sie, ihr ein schlechtes Gewissen einzureden, indem sie ihr vorwirft, eine »Halsabschneiderin« (S. 19) zu sein, die ihr und ihren Kindern die Existenzgrundlage geraubt habe. Schon bei erster Gelegenheit kritisiert sie Shen Tes Wohltätigkeit als Aufspielerei (S. 21), später als Versuch, sich als besser als ihre Mitmenschen darzustellen (S. 96). Auch gegenüber Wang verhält sie sich unsolidarisch. Obwohl sie zunächst Shen Te davon berichtet, wie der Barbier Wang »vor unseren Augen« (S. 60) mit der Brennschere verletzte, weigert sie sich schließlich, gegen ihn auszusagen, da sie nichts mit der Polizei zu tun haben will.

… zur Beraterin

Trotz allem wird sie zur Beraterin Shen Tes. Selbst von großer finanzieller Not geplagt, plädiert sie für eine Geldheirat zwischen dem Barbier und Shen Te und drängt sie dazu, den Blankoscheck des Herrn Shu Fu auszufüllen. Die Shin erweist sich als sehr aufmerksam und gewieft: Sie entdeckt Shen Tes Schwangerschaft (S. 98) und kommt ihrer Doppelrolle als Shen Te / Shui Ta langsam aber sicher auf die Schliche

Aufmerksame Erpresserin

(S. 108, 118, 138). Man kann vermuten, dass die Shin Shen Te mit ihrem Wissen um die Schwangerschaft erpresst, als sie kurz nach ihrer Entdeckung »auffallend neu gekleidet« (S. 118) die Bühne betritt. Zudem will sie die hochschwangere Shen Te nur gegen Geld unterstützen (S. 119).

Lin To

Opfer der Shin und Shui Tas

Auch Lin To ist zunächst Opfer der Betrügereien der Shin: Sie hat ihm die Stellagen ihres Ladens noch nicht bezahlt, und auch Shen Te kann die Rechnung nicht begleichen. Von ihrer früheren Gastfamilie dazu gedrängt, hält Shen Te den Schreiner zunächst mit einem Hinweis auf ihren Vetter hin (S. 23), um ihn schließlich in der Rolle des Shui Ta mit 20 Silberdollar abzuspeisen und seine Familie und ihn dadurch zu ruinieren. Er verliert seine Werkstatt und beginnt zu trinken und seine vier Kinder zusehends zu vernachlässigen. Eines von ihnen treibt sich vor Hunger auf dem Schlachthof herum (S. 100). Shen Te verschafft der Familie daraufhin ein Obdach in den Baracken des Herrn Shu Fu, verlangt wenig später in der Rolle des Shui Ta allerdings auch, dass sich der Schreiner und seine Kinder in der Tabakfabrik ihren Unterhalt und ihre Unterkunft verdienen (S. 106). Der »Tabakkönig« (S. 127) unterdrückt Lin Tos kurzfristige Auflehnung gegen die Arbeit mit dem erpresserischen Hinweis darauf, dass er seine Familie ernähren muss (S. 107). So wird Lin To Opfer der Rücksichtslosigkeit Shui

Tas, der die Arbeitskraft des Schreiners und seiner Familie ausbeutet und dabei nicht einmal Rücksicht auf den schwachen körperlichen Zustand des Schreiners nimmt (S. 113).

Das Teppichhändlerpaar

Ruin als Folge der Güte

Das alte Teppichhändlerpaar rutscht ebenfalls durch Shen Te in die Armut ab. Weil sie Shen Te vertrauen und sie unterstützen wollen, leihen sie ihr, ohne auf einen Vertrag zu bestehen, die 200 Silberdollar für die Ladenmiete. Durch den fahrlässigen Umgang mit dem Geld ruiniert Shen Te ihre Teppichhandlung: Sie kann den Eheleuten die Summe nicht rechtzeitig dafür zurückerstatten, dass diese ihre Steuern bezahlen können (S. 118). Es zeigt sich so, dass die Erfahrung Shen Tes System hat: Güte und Gutgläubigkeit bergen in kapitalistischen Gesellschaften die Gefahr des persönlichen wirtschaftlichen Ruins.

Wang

Betrügender Wasserverkäufer

Der Wasserverkäufer Wang hat nach Shen Te die meisten Auftritte in Brechts Stück. Er ist ein gesellschaftlicher Außenseiter und ein Betrüger. Seiner Kundschaft bleibt verborgen, dass sein Becher, in dem er sein Wasser verkauft, einen doppelten Boden hat, jedoch bemerken dies die Götter (S. 10). Vermutlich betrügt Wang aus der Not heraus: Sein Beruf ist mühselig und der Verdienst unsicher, denn er muss weit laufen, um Wasser zu holen (S. 7), und kann seine Ware bei Regen nicht verkaufen (S. 50 f.).

Gutherzig und uneigennützig

Abgesehen von diesem Fehlverhalten hält er sich an die göttlichen Vorschriften und bemüht sich, nicht auf seinen eigenen Vorteil bedacht, sondern zu allen gut zu sein. Diese Uneigennützigkeit zeichnet ihn in besonderer Weise aus. So sorgt er sich nicht nur um das Wohl des Kindes von Lin To, sondern auch um das Überleben Shen Tes. In ihrer Angelegenheit wendet er sich mehrmals an die Götter und bittet sie, ihre Forderungen abzumildern, damit seine Freundin selbst bei den herrschenden Verhältnissen überleben und zugleich gütig zu ihren Mitmenschen sein kann. Zudem forscht er intensiv nach, was mit Shen Te nach ihrem Verschwinden geschehen ist. Er fördert so die Aufklärung der Zusammenhänge durch das Gericht.

Berichterstatter der Götter

Der Wasserverkäufer nimmt darüber hinaus eine weitere wichtige Funktion wahr. Die Götter beauftragen ihn, sie über die Wohltätigkeiten Shen Tes zu unterrichten und sie zu guten Taten anzuhalten. Sie lassen sich von ihm über die Neuigkeiten in Shen Tes Leben informieren. Auf seine Bitten und Vorschläge zur Verbesserung des Lebens Shen Tes gehen sie aber nicht ein.

Opfer des Kapitalismus

Wang tritt deutlich als Opfer des kapitalistischen Wirtschaftssystems in Erscheinung, an dessen unterster Stufe er steht: Er scheitert darin, den Barbier Shu Fu nach der absichtlichen Verletzung seiner Hand auf Schadenersatz zu verklagen, weil niemand bereit ist, vor der Polizei, die besonders die ärmeren Schichten der Gesellschaft ins Visier genommen hat, gegen den Barbier auszusagen. Wang gibt es rasch auf, gegen das erlittene Unrecht aufzubegehren, und er beharrt auch nicht lange auf der Hilfe seiner Mitmenschen (»Kümmere dich nicht um die Hand.«, S. 100), sondern versucht, sich bestmöglich mit seinen durch die Verletzung noch weiter erschwerten beruflichen Bedingungen zu arrangieren.

Frau Yang

Frau Yang, Yang Suns Mutter, kümmert sich, nicht immer uneigennützig, um den sozialen und wirtschaftlichen Aufstieg ihres Sohnes. Zunächst hilft sie ihm sehr bereitwillig, bei Shen Te das für die Fliegerstelle notwendige Bestechungsgeld aufzutreiben (S. 63 f.). Dann wird sie niemals müde, seine außerordentlichen Fähigkeiten hervorzuheben (S. 63, 115) und ihren Stolz auf seinen Aufstieg in der Tabakfabrik zu bekunden (S. 115). Sie ist ganz auf den wirtschaftlichen Erfolg ihres Sohnes bedacht und lässt dabei völlig außer Acht, dass dieser auf Kosten anderer Menschen beruht, die Yang Sun etwa bei Shui Ta verpfeift oder als Aufseher malträtiert.

■ Stolze, strebsame Mutter

Es scheint allgemein bekannt, dass es um die finanzielle Situation Frau Yangs und ihres Sohnes nicht gut bestellt ist, denn bei der Hochzeit verlangt der Kellner, dass sie die Rechnung begleicht, bevor sie das »billige[] Restaurant[]« (S. 83) verlässt (S. 90). Da die beiden »arme Leute« (S. 90) sind, ist es verständlich,

■ Prekäre finanzielle Situation

dass für Frau Yang die Finanzen im Vordergrund stehen. Sie rät ihrem Sohn zunächst von einer Heirat ab, wenn die Braut die noch fehlenden 300 Silberdollar nicht aufbringt (S. 83). Später ist sie besorgt, die Kosten für die Hochzeit nicht gering halten zu können (S. 86). Mit dieser finanziellen Not lässt sich der Stolz Frau Yangs angesichts des beruflichen Aufstiegs ihres Sohnes erklären.

Yang Sun

Yang Sun, der bei seinem ersten Auftreten noch einen Selbstmord plant (S. 44), entpuppt sich zusehends als Karrierist. Seine Mutter hebt seine Begabung (S. 63), seine Bildung und Intelligenz (S. 84, 115) hervor. All diese Eigenschaften ermöglichen es ihm ihrer Meinung nach, in der Fabrik Shui Tas wahre »Wunderwerke« (S. 115) zu vollbringen und trotz aller Anfeindungen seinen Aufstieg unbeirrt zu verfolgen (S. 117).

■ Karrierist

Um aufzusteigen, nutzt Yang Sun allerdings nicht nur diese positiven Eigenschaften, sondern er macht viele Mitmenschen zu seinen Opfern. Vor allen anderen trifft es Shen Te, die lange Zeit an seine Liebe (z. B. S. 51, 64) glaubt, die er jedoch von oben herab und rücksichtslos behandelt und über die er sich geringschätzig äußert (z. B. S. 68–73). Hinterlistig suggeriert er, er würde Shen Te aus Liebe heiraten wollen (S. 79 f.), jedoch ist er von Anfang an nur auf ihr Geld aus (S. 68 f.). Auf Shen Tes Wünsche nimmt Yang Sun keine Rücksicht und zeigt sich frauenfeindlich und

■ Heuchler

besitzergreifend (S. 72). Seine egoistische Haltung zeigt sich zudem darin, dass er bereit ist, einen anderen Flieger durch Bestechung um seine Stellung zu bringen, um diese Stelle anschließend selbst auszufüllen (S. 68 f.). Ähnlich gewieft und heuchlerisch verhält er sich, als er seinen Arbeitseifer auf Kosten des erschöpften Schreiners Lin To vor Shui Ta zur Schau stellt (S. 113) und den Aufseher der Tabakfabrik bei Shui Ta beschuldigt, den Arbeitern zu viel Lohn auszuzahlen, um sich selbst für diese Position anzubieten (S. 114 f.).

■ Rücksichtsloser Ausbeuter

Auch als Aufseher verhält sich Yang Sun skrupellos: Alte Menschen sowie Kinder zwingt er zu Tätigkeiten, die ihre Kräfte fast übersteigen (S. 115). Aus reiner Habgier und Ehrsucht zeigt er keine Solidarität mit den anderen Arbeitern (S. 115). Nur Shui Ta überbietet noch seine Hartherzigkeit und Bereitschaft, die ihm anvertrauten Menschen physisch und psychisch auszubeuten (S. 113).

Shen Te

Shen Te ist die Protagonistin in Brechts Stück. An ihr will er die Funktionsweise des Kapitalismus demonstrieren. Dazu lässt er sie als Figur mit schlechter finanzieller Perspektive auftreten, die ihren Lebensunterhalt als Prostituierte, d. h. allein mittels ihres Körpers als einziger wirtschaftlicher Ressource (oder in der marxistischen Theorie: »Produktivkraft«) verdient.

Shen Te bemüht sich, zu ihren Mitmenschen freundlich und hilfsbereit zu sein. Das zeigt sich gleich eingangs darin, dass sie sich bereiterklärt, die Götter zu beherbergen, auch wenn sie dadurch einen geschäftlichen Nachteil hat (S. 12). So glauben die Götter, in ihr einen »guten Menschen« (S. 16) gefunden zu haben.

Doppelrolle: die wohltätige Shen Te …

Bevor Shen Te in ihrem Tabakladen auch nur etwas Geld eingenommen hat, beherbergt und verköstigt sie schon zahlreiche Figuren. Ihre ehemalige Vermieterin erklärt, dass sie »zu gut« sei und niemals »nein sagen« (S. 21) könne. Hier zeigt sich bereits das Dilemma, das die Hauptfigur prägt: Sie strebt einerseits danach, gutmütig zu sein, kann sich aber in der kapitalistischen Gesellschaft Sezuans ohne egoistisches Handeln kein Auskommen sichern. In ihrer Gutmütigkeit verhält sich Shen Te bisweilen naiv und kurzsichtig, was ihre eigene finanzielle Situation betrifft. So vergisst sie etwa, dass ihre Ladenmiete bald fällig ist, und muss von der Teppichhändlerin erst darauf aufmerksam gemacht werden (S. 59). Erst als sie von ihrer Schwangerschaft erfährt und sich ihre Interessen verschieben, sie das erwartete Kind – noch vor dem Wohl ihrer Mitmenschen – zur obersten Priorität macht, ist sie bestrebt, an ihrer wirtschaftlichen Situation grundlegend etwas zu ändern.

Um ihren Ruin zu verhindern und ihr Überleben zu gewährleisten, rät ihr ihre ehemalige Gastfamilie, ihre finanziellen Engpässe durch einen erfundenen Vetter zu überwinden. Brecht stellt der altruistischen

■ … und der ausbeuterische Shui Ta

Shen Te den egoistischen Antagonisten Shui Ta an die Seite. In dessen Rolle schlüpft Shen Te (die sich zum Rollentausch einer Maske, anderer Kleidung, aber auch einer anderen Stimme und Gangart bedient) verstärkt, als sie ihr Kind erwartet. Shui Ta kennt die Gesetze des Kapitalismus und richtet sich rücksichtslos nach ihnen. So gelingt es Brecht, den Zuschauerinnen und Zuschauern den Grundkonflikt des kapitalistischen Wirtschaftssystems zu veranschaulichen. Wo solche Gesetzmäßigkeiten gelten, können gute Menschen nicht überleben – es sei denn, sie geben ihre Gutmütigkeit preis und passen sich den herrschenden Verhältnissen an –, ein Wandel, der im Rollenwechsel zwischen Shen Te und Shui Ta besonders zur Geltung kommt.

Bei Shen Te und Shui Ta handelt es sich um dieselbe Person. Das Publikum durchschaut, dass eine einzige Figur die Doppelrolle einnimmt. Den Figuren auf der Bühne bleibt dies bis zum Ende der Gerichtsverhandlung verborgen. Lediglich die Shin kann nach und nach das Geheimnis um Shen Te und Shui Ta enträtseln.

■ Shen Te und Shui Ta im Vergleich

Shen Tes und Shui Tas unterschiedliche Charakterzüge und Verhaltensweisen, ihre verschiedenen Einstellungen, Handlungsmotive und Situierungen im sozialen Umfeld werden in der nachfolgenden Tabelle gegenübergestellt.

	Shen Te	**Shui Ta**
Tätigkeit	Prostituierte	Tabakfabrikant
Charakter/ Verhaltensweisen	– Altruismus/Selbstlosigkeit – Hilfsbereitschaft – Güte – Nächstenliebe, Mitleid – Nachgiebigkeit – Leidenschaft, Leichtsinn – Gefühl – kein Geschäftssinn – Selbstaufopferung – Duldsamkeit → Passivität	– Egoismus/Ichbezogenheit – Ausbeutung – Habgier – Rücksichtslosigkeit, Härte – Hartherzigkeit/Kaltblütigkeit – Berechnung/Kalkül – Vernunft – Geschäftstüchtigkeit – Selbstbehauptung – Eigeninitiative → Aktivität
Überzeugungen	– glaubt (trotz einiger gegenteiliger Erfahrungen) an das Gute im Menschen	– ist davon überzeugt, dass man sich mit der Obrigkeit gutstellen und zu Ungunsten anderer handeln muss, um zu überleben
	– geht zunächst davon aus, dass Wohltätigkeit und Überleben miteinander zu vereinbaren sind – ist später davon überzeugt, dass die göttlichen Gebote nicht einzuhalten sind: »Etwas muß falsch sein an eurer Welt.« (S. 139)	
	– orientiert ihr Handeln an moralisch-normativen Vorstellungen, den göttlichen Geboten	– passt sein Verhalten an die herrschenden gesellschaftlichen und wirtschaftlichen Verhältnisse an
	– ist von der wahren Liebe überzeugt, besteht auf einer Liebesheirat	– drängt auf eine Geldheirat

Gender-eigen-schaften	ihr Verhalten entspricht Stereotypen von Weiblichkeit: Gutmütigkeit, wenig Geschäftssinn, Gefügigkeit, Wunsch nach inniger Partnerschaft	sein Verhalten entspricht Stereotypen von Männlichkeit: Durchsetzungsvermögen, Gewaltbereitschaft, Geschäftstüchtigkeit, Führungsanspruch, Eigensinn
Klassenzu-gehörigkeit	– Unterschicht – **Opfer** des kapitalistischen Systems	– Mittel-/Oberschicht – **Unterdrücker** innerhalb des kapitalistischen Systems
Soziale Anerken-nung / Ansehen	– »Ein guter Mensch wird nicht leicht vergessen.« (S. 122) – Shen Te macht »sich gern allen Leuten angenehm« (S. 133). – Wohltäterin, »**Engel der Vorstädte**« (z. B. S. 54, S. 74)	– Erfolgreicher und geachteter Unternehmer: »**Tabakkönig von Sezuan**« (S. 127, S. 133) – Mann von Prinzipien (S. 133) – gilt den Wohlhabenden als respektabler Bürger – ist den Bedürftigen als Ausbeuter »verhaßt« (S. 135)

4. Form und literarische Technik

Das epische Theater: eine neue Theaterform

Dramatische und epische Formen des Theaters

Dramatische Form des Theaters	*Epische Form des Theaters*
handelnd	erzählend
verwickelt den Zuschauer in eine Bühnenaktion	macht den Zuschauer zum Betrachter, aber
verbraucht seine Aktivität	weckt seine Aktivität
ermöglicht ihm Gefühle	erzwingt von ihm Entscheidungen
Erlebnis	Weltbild
Der Zuschauer wird in etwas hineinversetzt	er wird gegenübergesetzt
Suggestion	Argument
Die Empfindungen werden konserviert	bis zu Erkenntnissen getrieben
Der Zuschauer steht mittendrin	Der Zuschauer steht gegenüber
miterlebt	studiert
Der Mensch als bekannt vorausgesetzt	Der Mensch ist Gegenstand der Untersuchung
Der unveränderliche Mensch	Der veränderliche und verändernde Mensch
Spannung auf den Ausgang	Spannung auf den Gang
Eine Szene für die andere	Jede Szene für sich

Wachstum	Montage
Geschehen linear	in Kurven
evolutionäre Zwangsläufigkeit	Sprünge
Der Mensch als Fixum	Der Mensch als Prozeß
Das Denken bestimmt das Sein	Das gesellschaftliche Sein bestimmt das Denken
Gefühl	Ratio

Bertolt Brecht: Anmerkungen zur Oper *Aufstieg und Fall der Stadt Mahagonny*. In: B. B.: Werke. Große kommentierte Berliner und Frankfurter Ausgabe. Hrsg. von Werner Hecht, Jan Knopf, Werner Mittenzwei, Klaus-Detlef Müller. Bd. 24: Schriften 4: Texte zu Stücken. Berlin / Frankfurt a. M. 1991. S. 74–86. Hier S. 78 f. –

Das epische Theater

Brecht weist dem Theater eine neue Funktion zu, indem er es als Instrument seiner Gesellschaftskritik gestaltet. Der Unterhaltungsfunktion misst er weniger Bedeutung zu, ihn interessieren vielmehr die didaktischen Möglichkeiten, d. h. die Weisen, auf die er den Theaterbesucherinnen und -besuchern seine Einsichten in gesellschaftliche Verhältnisse vermitteln kann. Ihm geht es, ganz im Sinne seiner marxistischen Weltanschauung, in erster Linie darum, dem Publikum die ausbeuterischen Verhältnisse kapitalistischer Wirtschafts- und Gesellschaftsordnungen bewusst zu machen und sie zu einer Umgestaltung der eigenen Gesellschaft anzuregen. In seinen Stücken zeigt er deshalb anhand einzelner Figuren, wie sich das kapitalistische System auf die unteren, wirtschaftlich schlecht situierten und wenig einflussreichen Gesellschaftsschichten auswirkt. Ziel ist es, dass das Publikum die Ausbeutung durch die vermögenden Teile der Gesellschaft als systematisch erkennt und darüber nachdenkt, wie stattdessen ein Wirtschaftssystem etabliert werden könnte, das ein solidarisches Miteinander erlaubt.

Zu solchen Reflexionen will Brecht das Publikum durch eine neue Form des Theaters, das sogenannte epische Theater, anregen, das sich vom aristotelischen Theater unterscheidet. Das epische Theater verzichtet insbesondere auf die Einhaltung der drei Aristotelischen Einheiten von Raum, Zeit und Handlung. In seinem Stück *Der gute Mensch von Sezuan* wie in anderen seiner Stücke setzt Brecht seine Überlegungen um: Er löst sich zunächst von der strengen Einteilung der Handlung in Akte und Auftritte und verteilt die Ereignisse auf zahlreiche Bilder oder Szenen, die nicht mehr auf einen Höhepunkt zusteuern. Sie werden locker aneinandergereiht, so dass nicht kontinuierlich Spannung erzeugt wird, die auf den Ausgang des Stückes drängt. Die Spannungskurve steigt also nicht stetig bis zum Ende an, sondern kann in Kurven verlaufen oder Sprünge aufweisen.

Des Weiteren sieht das epische Theater für die Schauspielerinnen und Schauspieler andere Funktionen und Aufgaben vor. Sie sollen eine kritische Distanz zu den von ihnen dargestellten Figuren wah-

■ Distanz zur Rolle

ren – etwa indem sie die Regieanweisungen mitsprechen oder regelmäßig ihre Rollen untereinander tauschen. Brecht wollte anregen, dass die Schauspielerinnen und Schauspieler durch den Abstand zur Figur, die sie bloß vorführen, mit der sie sich aber nicht identifizieren, die Handlungsmotive der Figuren einerseits selbst besser reflektieren und andererseits das Publikum zum Nachdenken über die Figuren veranlassen: Dadurch, dass sie immer wieder mit ihrer Rolle ›brechen‹, d. h. darauf aufmerksam machen, dass sie diese bloß spielen, wird verhindert, dass die Zuschauerinnen und Zuschauer mit den Figuren mitfühlen – stattdessen werden sie, so die Überlegung Brechts, zum Nachdenken über die Figuren, ihre Handlungsmotive und gesellschaftlichen Rollen angeregt. Das Publikum nimmt also keine unbeteiligte und nur betrachtende Rolle mehr ein, sondern es wird dazu ermuntert, das Bühnengeschehen kritisch und untersuchend zu verfolgen. Es soll über die Ungerechtigkeit des Kapitalismus lernen und zu der Einsicht gelangen, dass es selbst die wirtschaftlichen und gesellschaftlichen Bedingungen zum Positiven verändern kann.

V-Effekt

Die Distanz zur Rolle ist *eine* Spielart des Verfremdungseffekts (kurz: V-Effekts), eines Mittels, das Brecht einsetzt, um das Mitfühlen des Publikums mit den Figuren zu verhindern und es zu einer kritischen Betrachtung des Dargestellten anzuregen. Um die Aufmerksamkeit der Zuschauerinnen und Zuschauer auf einen Gegenstand zu lenken, bereitet er ihn so auf, dass er ihnen unbekannt erscheint, etwa indem er ihn in einen unerwarteten Kontext stellt oder aus einer ungeahnten Perspektive betrachtet. Das Theaterpublikum soll den Sachverhalt, der ihm bislang recht gewöhnlich und darum uninteressant erschien, durch die auffällige Darstellung hinterfragen.

Ein häufig von Brecht im Rahmen der Verfremdung benutztes Mittel stellt die Historisierung dar. Brecht verpflichtet die Schauspielenden dazu, die Vorgänge auf der Bühne so darzustellen, dass die Zuschauerinnen und Zuschauer erkennen: Sie sind erst so *geworden*, sind also historisch bedingt und deshalb auch wieder veränderbar. Dem Publikum fällt die Aufgabe zu, sie einer kritischen Prüfung zu unterziehen und Überlegungen dazu anzustellen, wie sie sich überwinden lassen.

■ Historisierung

Die Historisierung in *Der gute Mensch von Sezuan* findet noch vor Beginn der Handlung statt: Unter dem Personenverzeichnis ließ Brecht die Bemerkung hinzufügen, dass in Sezuan zum Zeitpunkt der Veröffentlichung keine kapitalistische Ausbeutung mehr stattfinde (S. 6). Das Publikum wird so dazu angeregt, zu überlegen, welche Maßnahmen die Bewohnerinnen und Bewohner dieser Provinz ergriffen haben könnten, um dieses unmenschliche System zu beseitigen. Durch die Wahl des fernen Auslands als Schauplatz für ein Stück, das vor allem auf deutschsprachigen Bühnen gespielt werden sollte, mag Brecht zudem bei den Zuschauerinnen und Zuschauern eine Distanz zur Handlung bewirkt haben, von der er sich eine gesteigerte kritische Reflexion erhoffte.

Szene/Seiten-spanne	**Figuren**	**Lieder**
Vorspiel (S. 7–17)	Wang, Götter, Shen Te	»Das Lied vom Rauch« (S. 27 f.)
1. Szene: »Ein kleiner Tabakladen« (S. 18–29)	Shen Te, Shin, achtköpfige Familie, Lin To, Mi Tzü, Arbeitsloser	
Zwischenspiel: »Unter einer Brücke« (S. 30 f.)	Wang, Götter	
2. Szene: »Der Tabakladen« (S. 32–43)	Shui Ta, achtköpfige Familie, Lin To, Mi Tzü, Polizist, Teppichhändlerin	
3. Szene: »Abend im Stadtpark« (S. 44–52)	Yang Sun, Prostituierte, Shen Te, Wang	»Lied des Wasserverkäufers im Regen« (S. 50 f.)
Zwischenspiel: »Wangs Nachtlager in einem Kanalrohr« (S. 53–55)	Wang, Götter	
4. Szene: »Platz vor Shen Te's Tabakladen« (S. 56–64)	achtköpfige Familie, Shin, Herr Shu Fu, Arbeitsloser, Shen Te, Teppichhändlerpaar, Wang, Frau Yang	

Lyrische Einlagen	**Publikums-ansprache**	**Formen des V-Effekts**
	S. 7	**Unterbrechung** der Handlung, **Reflexion** des Dargestellten: *Ausweglosigkeit aus der Armut*
S. 20–23, 29	S. 18–23, 28 f.	**Unterbrechung, Reflexion**: *Ausnutzen von Gutherzigkeit als Folge der Armut*
S. 34		**Unterbrechung, Reflexion:** *Welche staatlichen Maßnahmen würden die Armut lindern?*
S. 47 f., 51	S. 45, 47	**Unterbrechung, Reflexion:** *Prostitution, Lebensmüdigkeit als Folgen der Armut; prekäre, ausweglose Situation der Armen*
S. 54		**Parabelhafte Darstellung** des Schicksals Shen Tes → **Reflexion:** *Ausnutzen als Folge der Armut*
S. 61 f., 64	S. 57 f., 62, 64	**Unterbrechung, Reflexion, Aufzeigen** alternativer Handlungsmöglichkeiten: *geringe Solidarität unter den Armen, Alternative: Aufbegehren gegen Unrecht*

»Zwischenspiel vor dem Vorhang« (S. 65 f.)	Shen Te → Shui Ta	»Das Lied von der Wehrlosigkeit der Götter und Guten« (S. 65 f.)
5. Szene: »Der Tabakladen« (S. 67–80)	Shin, Yang Sun, Shui Ta → Shen Te, Mi Tzü, Herr Shu Fu, Polizist, Wang	
»Zwischenspiel vor dem Vorhang« (S. 81 f.)	Shen Te	
6. Szene: »Nebenzimmer eines billigen Restaurants in der Vorstadt« (S. 83–92)	Yang Sun, Frau Yang, Shen Te, achtköpfige Familie, Arbeitsloser, Bonze, Kellner	»Das Lied vom San[…] Nimmerleinstag« (S. 91 f.)
Zwischenspiel: »Wangs Nachtlager« (S. 93–95)	Wang, Götter	
7. Szene: »Hof hinter Shen Tes Tabakladen« (S. 96–108)	Shin, Shen Te → Shui Ta, Herr Shu Fu, Wang, Kind des Lin To, achtköpfige Familie, Arbeitsloser, Mi Tzü, Teppichhändlerin, Lin To und zwei seiner Kinder	
Zwischenspiel: »Wangs Nachtlager« (S. 109 f.)	Wang, Götter	

		Reflexion: *Unvereinbarkeit von Armut und Gutherzigkeit, göttliche Machtlosig- und Untätigkeit angesichts des Leids der Armen*
S. 73 f., 80	S. 77 f., 80	**Unterbrechung, Reflexion:** *Motive Yang Suns und Shen Tes für ihre Beziehung, Herrn Shu Fus Eitelkeit und Eigennützigkeit*
S. 81		**Reflexion:** *Was ist gutes Handeln?*
	S. 83 f., S. 89 f.	**Unterbrechung, Charakterisierung:** *Shen Tes Naivität → Durchschauen des Egoismus Yang Suns,* **Aufzeigen** einer (utopischen) alternativen Form gesellschaftlichen Lebens
S. 98 f., 100 f., 103 f.	S. 98, 100 f., 103	**Unterbrechung, Reflexion:** *Frage nach dem Nutzen gierigen Handelns; Ausweglosigkeit, Geborensein in die Armut, Motive Shen Tes für späteres egoistisches Verhalten*

8. Szene: Shui Ta's Tabakfabrik (S. 111–117)	Frau Yang, Shui Ta, Yang Sun, Lin To, Aufseher, Arbeiter	»Lied vom achten Elefanten« (S. 116 f.)
9. Szene: »Shen Te's Tabakladen« (S. 118–129)	Shui Ta, Teppichhändlerpaar, Shin, Yang Sun, Wang, Mi Tzü, Herr Shu Fu, Polizist	
Zwischenspiel: »Wangs Nachtlager« (S. 130 f.)	Wang, Götter	
10. Szene: »Gerichtslokal« (S. 132–143)	Teppichhändlerpaar, Wang, Lin To, Polizist, Götter, Prostituierte, achtköpfige Familie, Mi Tzü, Shui Ta → Shen Te, Shin, Yang Sun, Arbeitsloser	»Terzett der entsch denden Götter auf Wolke« (S. 142 f.)
Epilog (S. 144)	Schauspieler	

Abb. 2: Die Struktur des Stückes

	S. 111–113, 115, 117	**Distanz** zur dargestellten Handlung durch ›Spiel im Spiel‹, **Reflexion:** *Hervorhebung der Grausamkeit Shui Tas durch ironisch übertriebenes Lob, Parabel der Ausbeutung*
S. 121	S. 122 f.	**Reflexion:** *Ausweglosigkeit Einzelner aus der Armut*
S. 139 f., S. 141		**Reflexion:** *Verantwortungslosigkeit der Götter*
S. 144	S. 144	expliziter Aufruf zur **Reflexion:** *Welche Umstände müssen gegeben sein, damit Menschen sich dauerhaft gutmütig verhalten können?*

Unterbrechung der Handlung

Ein weiteres Mittel der Verfremdung ist die Unterbrechung der chronologischen Handlung. Um das Publikum dazu zu veranlassen, das gerade auf der Bühne verfolgte Geschehen zu reflektieren oder zu vertiefen, fügt Brecht Zwischenspiele, Lieder, lyrische Einlagen und die aus der Epik bekannten Mittel der Rückblende oder Vorausdeutung ein. Darüber hinaus ermöglichen Tafeln, Plakate, Transparente oder Projektionen, das direkte Ansprechen des Publikums und das ›Spiel im Spiel‹ Pausen, in denen die Zuschauerinnen und Zuschauer über das Geschehen nachdenken, Beziehungen zu ihrer eigenen Lebensrealität herstellen und über alternative Handlungsmöglichkeiten reflektieren können. Aus der Gattung der Epik übernimmt Brecht häufig den Erzähler: Ein Schauspieler oder eine Schauspielerin tritt an den Rand der Bühne und unterbricht die Handlung durch einen Bericht oder Kommentar, der das Publikum ebenfalls zum Nachdenken über das schauspielerisch Dargestellte anregen soll. In *Der Gute Mensch von Sezuan* ist es etwa Frau Yang, die den beruflichen Aufstieg ihres Sohnes in der Tabakfabrik erzählerisch begleitet (S. 111–117). Diese Passagen, die die dramatische Handlung unterbrechen, verhindern, dass die Zuschauerinnen und Zuschauer sich der Illusion hingeben, sie würden einem realen Geschehen folgen. Stattdessen werden sie auf den fiktiven Charakter der Handlung aufmerksam gemacht, gewinnen Distanz zu ihr – und sind aus dieser Distanz heraus dazu aufgefordert, die Handlung auszudeuten und auf ihre

Bedeutung für die dargestellten gesellschaftlichen Zusammenhänge hin zu untersuchen.

Das Zusammenwirken der Handlung und der zahlreichen Mittel des Verfremdungseffekts verdeutlicht die Abbildung zum szenischen Aufbau des Stücks (Abb. 2, S. 68–72 dieses Lektüreschlüssels). Dabei fallen insbesondere die zahlreichen Unterbrechungen durch die Zwischenspiele, Lieder, lyrischen Einlagen und Publikumsansprachen auf. Sie ermöglichen, dass die Zuschauerinnen und Zuschauer Distanz zur Handlung und zu den Figuren gewinnen und deren soziale und wirtschaftliche Situationen kritisch reflektieren können.

Um die Trennung zwischen dem Geschehen auf der Bühne und dem Publikum zu verdeutlichen, d. h. den Zuschauerinnen und Zuschauern immer wieder zu vergegenwärtigen, dass die dargestellte Handlung eine fiktive ist, die von der Lebenswirklichkeit des Publikums unterschieden werden muss, nutzt Brecht des Öfteren die Publikumsansprache. Figuren treten nach vorne, sprechen nicht mehr zu anderen Figuren, sondern wenden sich, indem sie für eine kurze Weile aus ihrer Rolle und sozusagen aus der fiktiven Welt der Handlung treten, direkt ans Publikum.

■ Publikumsansprache

In den Liedern werden die Überzeugungen und Anschauungen der Figuren zu verschiedenen Themen dargestellt. Ausgehend von ihren darin artikulierten Erfahrungen der Ohnmacht, der Hilf- und Hoffnungslosigkeit sowie ihrer pessimistischen Haltung sollen die Zuschauerinnen und Zuschauer dazu

■ Lieder

veranlasst werden, die Ungerechtigkeit und das Leid der armen Bevölkerung als Folge des kapitalistischen Wirtschaftssystems zu erkennen, diese Erkenntnis auf ihre eigene Lebenswirklichkeit zu beziehen und eine Veränderung der Verhältnisse herbeizuführen.

■ Lyrische Einlagen

Die lyrischen Einlagen veranschaulichen und pointieren die dargestellten Themen. Zudem haben sie die Funktion, die Handlung zu unterbrechen und damit dem Publikum die Illusion zu nehmen, es handele sich bei der dargestellten Welt um ihre Lebenswirklichkeit. Es gewinnt so Distanz zu den Figuren und zur Handlung und wird dazu angeregt, sich mit den thematisierten Problemen kritisch auseinanderzusetzen.

■ Offener Schluss

Der Autor hat für das Stück einen offenen Schluss vorgesehen. Im Epilog benutzt er wieder die Ansprache der Zuschauerinnen und Zuschauer: Die Handlung wird nicht auf der Bühne ausgedeutet, sondern ein Schauspieler fordert das Publikum selbst dazu auf, sich eine Lösung für das Dilemma zu überlegen, dass sich Armut und gutmütiges Verhalten auf Dauer nicht vereinbaren lassen.

■ Die Gattungsfrage: Parabel

Eine Hauptvertreterin der Lehrdichtung ist die Parabel. Sie bietet die Möglichkeit, einen Sachverhalt und dessen moralische Probleme zu veranschaulichen. Die Leserinnen und Leser werden dazu angeregt, von der dargestellten Geschichte allgemeine moralische Grundsätze abzuleiten. Das (Lese-)Publikum muss also selbstständig von der bildlichen Ebene auf die gedankliche Ebene schließen, um die Aussagen angemessen zu erfassen und zu deuten.

Das vorliegende *Parabelstück* (so der Untertitel von *Der gute Mensch von Sezuan*) kreist um die Frage, wie in einer von Ausbeutung und Armut geprägten Gesellschaft gutmütiges Verhalten möglich ist. Dazu zeigt Brecht am Beispiel Shen Tes und der sie umgebenden Gesellschaft des historischen Sezuan anschaulich die Unvereinbarkeit von Gutmütigkeit und wirtschaftlicher Not. Die Theaterbesucherinnen und -besucher sollen erkennen, dass die im Stück thematisierten gesellschaftlichen und politischen Probleme über das historische Sezuan hinausgehen, und sie auf ihre eigene Gegenwart beziehen. Sie sollen verstehen, welche wirtschaftspolitischen Strukturen das Leid der ärmeren Bevölkerungsschichten verursachen und dass diese veränderbar sind, um so zu dem Wunsch zu gelangen, ihre eigene Lebenswirklichkeit durch wirtschaftspolitische und gesellschaftliche Umwälzungen zu verbessern.

Schreibweise

Zeitnah zur Arbeit am Parabelstück verfasste Brecht zahlreiche Aufsätze zur Literatur und Kunst. In ihnen setzte er sich mit verschiedenen Aspekten des Schreibens auseinander. Er beschäftigte sich dabei nicht nur mit seinen eigenen Theaterstücken, sondern formulierte allgemeine Prinzipien für die schriftstellerische Praxis. Der Autor legte jedoch nie eine abgeschlossene ästhetische ›Theorie‹ vor. In einem Beitrag aus dem

Jahre 1938 bezieht er Stellung zu »Volkstümlichkeit und Realismus«.[1]

Zunächst warnt Brecht darin seine Leserinnen und Leser, »Vorbilder« oder »nur formale, nur literarische Kriterien« zu erwarten:

Das Prinzip des Realismus

> »Wir werden nicht nur dann von realistischer Schreibweise sprechen, wenn man zum Beispiel ›alles‹ riechen, schmecken, fühlen kann, wenn ›Atmosphäre‹ da ist und wenn Fabeln so geführt sind, daß seelische Expositionen der Personen zustande kommen. Unser *Realismus*begriff muß breit und politisch sein, souverän gegenüber den Konventionen.«[2]

Und dann stellt er seine Definition vor:

> »*Realistisch* heißt: den gesellschaftlichen Kausalkomplex aufdeckend / die herrschenden Gesichtspunkte als die Gesichtspunkte der Herrschenden entlarvend / vom Standpunkt der Klasse aus schreibend, welche für die dringendsten Schwierigkeiten, in denen die menschliche Gesellschaft steckt, die breitesten Lösungen bereit hält / das Moment

1 Bertolt Brecht, »Volkstümlichkeit und Realismus«, in: B. B.: *Gesammelte Werke*, hrsg. vom Suhrkamp Verlag in Zusammenarbeit mit Elisabeth Hauptmann, Bd. 19: *Schriften zur Literatur und Kunst* 2, Frankfurt a. M. 1967, S. 322–331. (Hervorhebungen im Original.)

2 Brecht (s. Anm. 1), S. 326. (Hervorhebungen im Original.)

der Entwicklung betonend / konkret und das Abstrahieren ermöglichend.«[3]

Den Zuschauerinnen und Zuschauern soll also laut Brecht kein Theater geboten werden, das sich auf möglichst ausgestaltete Schauplätze und die Gefühlslagen der Figuren konzentriert. Nicht das Mitfühlen mit den Figuren steht im Vordergrund, sondern das Aufzeigen von Missständen, die ein kapitalistisches Wirtschaftssystem hervorbringt. Die benachteiligte, geringverdienende Arbeiterklasse – die Brecht zugleich als die Bevölkerungsschicht sieht, die »die breitesten Lösungen« für eine wirtschaftliche und gesellschaftliche Umwälzung bereithält – soll in den Blick genommen werden. Er plädiert ferner dafür, dass Schriftstellerinnen und Schriftsteller Originalität, Humor und Einbildungskraft für den Schreibprozess entfalten. Schließlich empfiehlt er, nicht an »literarischen Vorbildern« zu kleben.

Sprachliche Gestaltung

Auch zur sprachlichen Gestaltung seiner Werke äußert sich Brecht. Er stellt dabei den Begriff »volkstümlich« in den Mittelpunkt seiner Überlegungen:

> »Unser Begriff *volkstümlich* bezieht sich auf das Volk, das an der Entwicklung nicht nur voll teilnimmt, sondern sie geradezu usurpiert, forciert, bestimmt. Wir haben ein Volk vor Augen, das Geschichte macht, das die Welt und sich selbst verän-

3 Ebd. (Hervorhebungen im Original; die Fußnote wird nicht zitiert.)

> dert. Wir haben ein kämpfendes Volk vor Augen und also einen kämpferischen Begriff *volkstümlich*.
>
> *Volkstümlich* heißt: den breiten Massen verständlich, ihre Ausdrucksform aufnehmend und bereichernd / ihren Standpunkt einnehmend, befestigend und korrigierend / den fortschrittlichsten Teil des Volkes so vertretend, daß er die Führung übernehmen kann, also auch den andern Teilen des Volkes verständlich / anknüpfend an die Traditionen, sie weiterführend / dem zur Führung strebenden Teil des Volkes Errungenschaften des jetzt führenden Teils übermittelnd.«[4]

Brecht ist also daran gelegen, Theaterstücke für den breiten, wirtschaftlich schlechter gestellten Teil der Gesellschaft zu schreiben: Sie sollen diesem verständlich sein, ähnlich sozial benachteiligte Figuren zum Gegenstand haben und so Einsichten in die Ausbeutung durch die wohlhabenden, besitzenden Bevölkerungsschichten vermitteln. Grundsätzlich prägen deshalb Einfachheit, Kürze und Genauigkeit die Sprache in den Werken Brechts. Das gilt auch für die Sprache der Hauptfiguren in *Der gute Mensch von Sezuan*, die aus der ärmeren, sozial niedriggestellten Bevölkerungsschicht stammen.

■ Sprache der besitzenden Klasse

Im Gegensatz zu deren Alltagssprache steht der Soziolekt, den die Angehörigen der besitzenden Klasse, Frau Mi Tzü und Herr Shu Fu, sprechen. Er ist ge-

4 Brecht (s. Anm. 1), S. 324 f. (Hervorhebungen im Original.)

kennzeichnet durch hochgestochene Begriffe und Übertreibungen, die die verschleiernde und verlogene Art der beiden Figuren verdeutlichen. Die Begrüßung Shen Tes durch Frau Mi Tzü (S. 24) veranschaulicht diese Redeweise. Frau Mi Tzü drückt zunächst höflich ihre Hoffnung aus, dass Shen Te und sie gut miteinander auskommen werden. Die Anwesenden redet sie übertrieben förmlich mit »Herrschaften« (S. 24) an. Aber schon die nächsten Sätze machen deutlich, dass die hier zum Ausdruck gebrachte Hochachtung nur gespielt ist. In einem geschäftsmäßigen Ton, der sich durch bildungssprachliche Begriffe auszeichnet (sie verlangt etwa nach »Referenzen«, die ihr für die Redlichkeit Shen Tes »Gewähr biete[n]«, S. 24 f.), besteht sie unnachgiebig darauf, dass Shen Te ihre Mietbedingungen erfüllt. Herr Shu Fus Darstellung seiner Gefühle (S. 58) und seine Selbstdarstellung (S. 77 f.) sind ebenso von hochgestochenen und bildungssprachlichen Begriffen wie »Visavis« (S. 58), »Ordinäres« (S. 77) geprägt. Doch wechselt er sogleich zu einer unhöflichen, beleidigenden Redeweise, um den Wasserverkäufer Wang zu vertreiben (»Scher dich weg, Halunke!«, S. 58).

■ Förmlichkeit und Bildungssprache

Auch seine übertriebene Darstellung der eigenen Großzügigkeit gegenüber Shen Te (»Kann man mehr tun? Kann man selbstloser sein?«, S. 77) deutet auf seinen herzlosen und verlogenen Charakter hin. Seine Unaufrichtigkeit wird besonders deutlich, wenn er seine Zurückhaltung gegenüber Shen Te, die er begehrt, so stark hervorhebt, dass man sich fragen muss,

■ Übertreibung: Signal für Unaufrichtigkeit

ob er nicht gerade nach dem Gegenteil seiner Behauptungen strebt: danach nämlich, Shen Tes Lage auszunutzen und sie etwa in eine Beziehung zu zwingen. Die Übertreibung verwendet Brecht hier also als Signal für unaufrichtiges Sprechen.

■ Floskeln

Floskeln (»Ich bin kein Unmensch, aber ich muß Rücksichten nehmen.«, S. 38) machen zudem die Verantwortungslosigkeit Mi Tzüs deutlich, der nicht das Leid der armen Bevölkerung, sondern ihre eigenen Einkünfte das wichtigste Anliegen sind. Auch die Götter bedienen sich solcher Floskeln (»alles nimmt ein gutes …«, S. 95), um sich der Verantwortung gegenüber den leidtragenden Menschen zu entziehen: Dass sie nicht originelle Worte nutzen, sondern verbrauchte Redewendungen, ist Zeichen ihrer mangelnden Beschäftigung mit dem Leid der Armen.

Die Shin und Frau Yang (S. 85) gehören zwar nicht zur herrschenden, besitzenden Klasse, doch sie imitieren die vornehme Sprache Mi Tzüs und Shu Fus, wenn sie etwa von »Vermögensverhältnissen« (S. 67) und dem »teuersten Gast« (S. 84) der Hochzeit sprechen. Darin, so könnte man interpretieren, drückt sich der Wunsch der beiden Figuren nach einem finanziellen und gesellschaftlichen Aufstieg aus.

■ Einfache Sprache der Ausgebeuteten

Im Kontrast zur Sprache der Oberschicht steht die schlichte Sprechweise Wangs und Shen Tes. Sie weist überwiegend einen parataktischen Stil auf, d. h., die beiden Figuren verzichten auf komplizierte Satzgefüge mit vielen Nebensätzen und reihen stattdessen gleichrangige Hauptsätze aneinander. Zudem sind die

Sätze häufig gleichförmig gestaltet, d. h., sie fügen sich aus derselben Folge an Satzgliedern zusammen: »Schon gestern kam sie und bat mich um Reis für die Kinder. Auch heute sehe ich sie wieder über den Platz kommen mit ihrem Topf.« (S. 18)

Intertextualität

Besonders auffällig an der Sprache des Stückes ist außerdem, dass Brecht viele Bibelzitate einfügt. So verlangt eines der göttlichen Gebote, das Shen Te nicht einhalten kann, sie solle »Nicht begehren meines Nächsten Haus« (S. 16). Brecht zitiert hier aus den Zehn Geboten (Altes Testament, 2. Mose 20,17). Auch Shen Tes Rede zum Publikum, in der sie die Worte »Ich sage euch« (S. 57) wiederholt, dürfte einem bibelkundigen Publikum als Zitat aus der Bergpredigt Jesu auffallen (Neues Testament, Matthäus 5,18 – 6,29). Zum einen bedient sich Brecht solcher Bibelzitate natürlich, um thematische Bezüge zu Gegenständen der Bibel deutlich zu machen (zur Bibel als Bezugstext für *Der gute Mensch von Sezuan*, siehe das Kapitel 5: »Quellen und Kontexte« dieses Lektüreschlüssels, S. 84 f.); zum anderen aber können sie auch dem Verfremdungseffekt dienen: Wer die Worte der Figuren als Bibelzitat erkennt, dem ist die Illusion, dass die Dramenhandlung Teil der Lebenswirklichkeit der Zuschauerinnen und Zuschauer ist, genommen. Man verfolgt die Handlung des Stückes nicht mitfühlend, sondern gewinnt vielmehr Distanz zum Geschehen, indem man Bezüge zu anderen Texten herstellt.

5. Quellen und Kontexte

Intertextuelle Bezüge

Brechts Quellen für das Stück

Brecht kannte sich in der Bibel gut aus. Zahlreiche biblische Texte wurden zur Vorlage für seine Werke. Zwar stand er als Marxist Aspekten der christlichen Religion ablehnend gegenüber – schließlich waren grundlegende politische und gesellschaftliche Umwälzungen sein Ziel, während er in der christlichen Religion die Gefahr sah, dass Gläubige in Erwartung des Jenseits keinen Drang zur gesellschaftlichen Veränderung im Diesseits entwickelten. Doch verfasste er zahlreiche Lehrstücke als Gegenentwurf zur christlichen Lehre.

Sodom und Gomorrha

Die Handlung seines Parabelstücks *Der gute Mensch von Sezuan* weist zahlreiche Bezüge zum 1. Buch Mose, Kapitel 18 und 19, auf, in der es um die Zerstörung der Städte Sodom und Gomorrha als göttlichen Racheakt geht. Klagen über das sündhafte Leben der Bewohnerinnen und Bewohner der beiden Städte sind bis zu Gott vorgedrungen. Daraufhin beschließt dieser, die Städte samt ihren Einwohnern zu vernichten. Der Stammvater Abraham erreicht bei Gott die Zusicherung, dass dieser von der Bestrafung der Städte absehen wird, wenn es ihm gelingen sollte, zehn gute Menschen in den beiden Orten zu finden. Zwei Engel in Gestalt zweier Herren erreichen Sodom. Lot empfängt sie am Eingang der Stadt und gewährt ihnen eine Unterkunft für die Nacht. Daraufhin finden sich zahlreiche Bewohner Sodoms vor Lots Haus ein und fordern, seine Gäste herauszugeben. Als Lot sich weigert, greifen sie ihn an. Die Engel beschließen, die Städte wegen ihrer Schlechtigkeit zu zerstören, warnen jedoch Lot, der mit seiner Familie flieht, bevor ein göttlicher Schwefel- und Feuerregen alles vernichtet.

Brecht greift dieses Geschehen in *Der gute Mensch von Sezuan* auf, verfremdet es aber auch. Dass es sich bei der Erzählung um Sodom und Gomorrha um einen Bezugstext handelt, wird bereits eingangs deutlich: Wie in der biblischen Geschichte suchen Gesandte des Himmels nach guten Erdbewohnerinnen und -bewohnern, nachdem sie Klagen über die Schlechtigkeit der Menschen erreicht haben (S. 10). Eine entscheidende Abweichung vom biblischen Bezugstext nimmt Brecht dadurch vor, dass er die Götter als macht- und verantwortungslos zeichnet: Schon eingangs sind sie sich uneinig darüber, ob sie Shen Te durch Geldmittel in ihrer Gutmütigkeit unterstützen dürfen, denn sie haben ihr Handeln im Himmel zu »verantworten« (S. 16) – und schließlich entziehen sie sich, trotz eindringlicher Klagen und Bitten Shen Tes – ‚jeder Verantwortung, indem sie auf einer Wolke gen Himmel fahren (S. 141–143).

Philemon und Baucis

Eine weitere Quelle für das Lehrstück stellen Ovids *Metamorphosen*, ein Versepos aus der römischen Antike, dar. Darin findet sich unter anderem die Geschichte von Philemon und Baucis (8. Buch, V. 611–724), einem alten Ehepaar, das den Göttervater Zeus und seinen Boten Hermes auf der Reise durch Phrygien (eine Region Griechenlands) erkennt. Die beiden gewähren den Göttern eine Unterkunft und ein üppiges Essen. Wütend bestraft Zeus die übrigen Bewohnerinnen und Bewohner Phrygiens für ihre mangelnde Gastfreundschaft, indem er sie durch eine Sintflut ertrinken lässt. Nur Philemon und Baucis überleben, und Zeus belohnt sie für ihr Entgegenkommen.

Entstehungsgeschichte

Erste Entwürfe

Brecht beschäftigte sich über 15 Jahre mit dem Stück *Der gute Mensch von Sezuan*. Als er im Frühjahr 1939 mit der intensiveren Arbeit daran begann, konnte er auf zahlreiche Skizzen und Entwürfe zurückgreifen. Bereits 1926 hatte er Überlegungen zu einem Text skizziert, in dem es um Götter und eine Shen Te geht. Im darauffolgenden Jahr hatte er in einer Skizze, die den Titel *Fanny Kress oder Der Huren einziger Freund* trägt, eine Prostituierte vorgesehen, die sich zu einem Mann, einem Zigarrenhändler, verkleidet, um das Los anderer Prostituierter zu verbessern. Drei Jahre später entstanden fünf Szenen für ein Stück, dem er den Titel *Die Ware Liebe* gab und in dem er erste Kritik am kapitalistischen System äußerte. Er wollte darin zeigen, dass die Prostitution eine extreme Form der Selbstentfremdung und -veräußerung im Kapitalismus darstellt. Eine Prostituierte gelangt zu der Erkenntnis, dass sie nicht gleichzeitig Ware und Verkäuferin sein kann. Ihr Dilemma ist, dass sie selbst andere ausbeuten muss, um überleben zu können. Mit etwas Geld erwirbt sie einen Zigarrenladen, in dem sie als Mann verkleidet Zigarren verkauft. Ihre Tätigkeit als Prostituierte übt sie weiterhin aus. Dieser Handlungsentwurf weist zahlreiche Elemente auf, die Brecht später in die Parabel *Der gute Mensch von Sezuan* übernahm.

Chinesische Schriften als Inspirationsquelle

Im Zeitraum von 1938 bis 1944 studierte Brecht ausführlich die chinesische Kultur. Er las zahlreiche klassische chinesische Schriften und erhielt differenzierte Einblicke in die Philosophie. Von besonderem Interesse waren für Brecht die Ausführungen des Sozialethikers Mozi. Dieser vertrat die Auffassung, dass die Tugenden und Laster des Menschen eine Folge seiner gesellschaftlichen Lebensbedingungen darstellen, dass diese also richtige (gute) und falsche (böse) Verhaltensweisen erst ermöglichen bzw. erzwingen. 1939 ließ Brecht einige Aspekte der Überlegungen des chinesischen Sozialethikers in ein Werk einfließen, das er unter dem Titel *Der gute Mensch von Sezuan* entwarf. Die neue Fassung fußte auf der Grundlage des früheren Entwurfs und wurde in der zweiten Hälfte desselben Jahres weiter ausgearbeitet. Wegen des Ausbruchs des Zweiten Weltkrieges musste Brecht die Arbeit am Text unterbrechen. Er konzentrierte sich anschließend zunächst auf sein Antikriegsstück *Mutter Courage und ihre Kinder*. Ende 1939 / Anfang 1940 führte Brecht eine angeregte Diskussion mit dem Schauspieler Herman Greid über marxistische Ethik. Die Auseinandersetzung lieferte Brecht einige Anregungen für die Thematik von *Der Gute Mensch von Sezuan*. Das ganze Jahr über setzte Brecht seine Arbeit fort und reicherte die bisherige Fassung weiter durch die Lieder und lyrischen Einlagen an, so dass er im Januar 1941 eine endgültige Fassung des Stücks vorlegen konnte. Am 4. Februar 1943 gelangte *Der gute Mensch von Sezuan* am Züricher Schauspielhaus zur Uraufführung.

Brechts Welt- und Menschenbild

Marxismus versus Kapitalismus

Wer Brechts *Der gute Mensch von Sezuan* umfassend verstehen will, muss sich zunächst mit seiner marxistischen Weltanschauung und seinen Vorstellungen über das Wesen des Menschen auseinandersetzen. Ohne die Kenntnis der Ideen des Marxismus bleiben sein Welt- und Menschenbild sowie seine kritische Beschäftigung mit bürgerlichen Normen und Werten und dem kapitalistischen Gesellschaftssystem unverständlich.

Zu den zentralen Zielen des Marxismus zählt die Errichtung einer klassenlosen Gesellschaft (Kommunismus) durch eine gegebenenfalls gewaltsame Abschaffung des Kapitalismus. Brecht agitiert außerordentlich scharf gegen kapitalistische Gesellschaftsformen, weil sie, wie Karl Marx (1818–1883), einer der bedeutendsten Theoretiker des Kommunismus, herausgestellt hat, auf den Prinzipien des Privateigentums und der privaten Abschöpfung des Gewinns durch die Ausbeutung der Arbeitskraft der sozial und wirtschaftlich schlechter gestellten Arbeiterklasse beruhen.

Brecht möchte diese Einsichten Marx' in seinen Stücken transportieren und für die breite Bevölkerung (und damit auch die sozial und wirtschaftlich schlechter gestellten Gesellschaftsschichten) verständlich aufbereiten. Er möchte mit der Vorstellung aufräumen, dass das Individuum selbstbestimmt und frei handeln und entscheiden kann, und den ausgebeuteten Teilen der Gesellschaft die Ungerechtigkeit verständlich machen, unter der sie als untere Glieder des kapitalistischen Wirtschaftssystems zu leiden haben.

Diese Ausbeutung kann und muss nach Brechts Überzeugung dadurch beendet werden, dass die Ausgebeuteten selbst sich für die Veränderung der Verhältnisse einsetzen und sie letztendlich abschaffen. Wenn andere Verhältnisse herrschen würden, wenn gemäß kommunistischer Gesellschaftsentwürfe eine klassenlose Gesellschaft erreicht werden könnte, die sich nicht durch Privatbesitz, sondern durch die gemeinsame Verwaltung eines Kollektiveigentums auszeichnet, so meint Brecht, wäre eine bessere Grundlage für ein gerechtes Zusammenleben und gutmütiges Verhalten geschaffen.

6. Interpretationsansätze

Unvereinbarkeit von Armut und Güte

Leitfrage

Die zentrale Frage, auf die Brecht in seinem fiktionalen Stück eine Antwort sucht, lautet: Ist es einem Menschen, der als Opfer des kapitalistischen Wirtschaftssystems unter höchst misslichen wirtschaftlichen Bedingungen lebt, möglich, die eigene Gutherzigkeit zu bewahren? Die Ergebnisse der ›Untersuchung‹, die Brecht in dem Stück anstellt, so hofft er, geben dem Publikum Denkanstöße und schaffen Anreize dafür, die eigenen Gesellschaftsverhältnisse zu verändern.

Zusammenhang von Armut und Rücksichtslosigkeit

Noch bevor Shen Te ihren ersten Auftritt hat, wird das Publikum mit dem Zusammenhang von wirtschaftlicher Not und verwerflichem, hartherzigen Handeln konfrontiert: Der Wasserverkäufer Wang berichtet, dass große Armut in der Provinz herrscht, und beschreibt sein Milieu, das unter anderem von Menschen mit »brutale[m] Ausdruck«, die womöglich »viel prügeln« (S. 7), geprägt ist. Zudem hat er größte Schwierigkeiten, die Götter, die die Klagen der Bewohnerinnen und Bewohner über die miserablen Zustände hörten, in der Stadt unterzubringen: Die Hilfsbereitschaft der Bevölkerung ist äußerst dürftig.

Auch die Götter, so stellt sich rasch heraus, sind wenig hilfsbereit. Ihr Ziel ist es nicht etwa, die Leiden der Menschen zu lindern, sondern sie wollen nur genügend »gute« Menschen finden, »die ein menschenwürdiges Dasein leben« (S. 10) und die göttlichen Vorschriften erfüllen, um eine Rechtfertigung dafür zu haben, dass die Welt unverändert bleiben kann. Ihre Gastgeberin Shen Te, die Wang ihnen als den »beste[n] Mensch[en] von Sezuan« (S. 13) angekündigt hat, weist mehrfach und mit Nachdruck die Auffassung der Götter zurück, dass sie »gut« (S. 15 f.) sei. Die göttlichen Gebote, die Ehrlichkeit und Neidlosigkeit vorschreiben, kann sie aufgrund ihrer Armut nicht erfüllen (S. 16). Dennoch halten die Götter Shen Te dazu an, ihren Vorsatz der Gutmütigkeit nicht aufzugeben. Obwohl sie sich nicht in das Leben der Menschen einmischen wollen, ›unterstützen‹ sie Shen Te mit einer großen Summe Geld. Dieses Vorgehen macht deutlich, dass die Lebensbedingungen der ärmeren Bevölkerung Sezuans so unzureichend sind, dass die Menschen nicht aus eigener Kraft gemäß den göttlichen Weisungen gut sein können.

Schon drei Tage nach der ›Unterstützung‹ durch die Götter wird deutlich, dass Shen Tes Vorsatz, Gutes zu tun, zum Scheitern verurteilt ist. Sie ist beim Kauf des Tabakladens von der Vorbesitzerin betrogen worden, wird von ihr und von weiteren Bekannten ausgenutzt. Shen Te kennt den Grund für ihre Bitten: »Sie sind arm.« (S. 20) Das ausbeuterische Verhalten ihrer Gäste entschuldigt Shen Te also damit, dass nicht ihr Wesen, sondern vielmehr die wirtschaftlichen Verhältnisse daran schuld seien. So klärt sie das Publikum in der ersten lyrischen Einlage über die Notlage auf und begründet gleichzeitig ihr Eingreifen: »Sie brauchen je-

Shen Tes Drang zu helfen

mand. / Wie könnte man da nein sagen?« (S. 20) Auch wenn Shen Te es nicht ausspricht – ihre Hilfsbereitschaft und die Tatsache, dass sie das egoistische Verhalten ihrer teilweise äußerst dreisten Bittstellerinnen und Bittsteller nicht verurteilt (»Wer könnte sie schelten?«, S. 21), machen deutlich, dass die Wohltäterin erkennt: Die Schuld für die unzureichende Solidarität und Hilfsbereitschaft unter den Armen ist in den gesellschaftlichen und wirtschaftlichen Bedingungen zu suchen, die das Handeln der Einzelnen prägen. Brecht lässt keine seiner Figuren diesen Umstand explizit erörtern, vielmehr ist das Publikum dazu aufgefordert, selbst nach den Ursachen für Shen Tes gutmütiges und wenig vorwurfsvolles Verhalten zu forschen – und so durch eigene Reflexion zu dem Schluss zu gelangen, dass sich in Armut lebende Einzelpersonen als Opfer des kapitalistischen Systems nicht aus eigener Kraft aus ihrer Situation befreien können. Die beständige Not verleitet sie immer wieder zu egoistischem, unsolidarischem Verhalten.

Unausweichliche Anpassung

Dass Gutmütigkeit unter wirtschaftlich prekären Lebensbedingungen keinen Bestand hat, zeigt sich also eindrücklich anhand der Figur der Shen Te. Uneingeschränkte Wohltätigkeit, so muss Shen Te erfahren, wird von den vielen Notleidenden, die das kapitalistische Wirtschaftssystem hervorbringt, ausgenutzt, und bringt die Wohltätige selbst in große Not. Shen Te muss sich den Regeln des herrschenden Wirtschaftssystems anpassen, sie muss selbst ausbeuterisch handeln, wenn sie überleben will.

Der Polizist analysiert Shen Tes Situation in der Auseinandersetzung mit der Hausbesitzerin. Nur »Kapital«, »ein wenig Geld« (S. 42), kann die Lösung für Shen Tes Problem darstellen. Das Geld beherrscht alle menschlichen Bereiche: Auch wenn er Shen Tes Erwerbstätigkeit, ihre Prostitution, als moralisch verwerflich verurteilt, muss er eingestehen, dass ihr wenige alternative Möglichkeiten des Gelderwerbs offenstehen (»Was soll sie machen? […] Herr Shui Ta, […] ich weiß es nicht.«, S. 41).

Auch die ›wahre‹ Liebe führt Shen Te unter den herrschenden Verhältnissen in den Ruin. Sie wird zum Opfer des beschäftigungslosen Fliegers Yang Sun, in den sie sich Hals über Kopf verliebt. Ihm geht es nicht um eine innige Beziehung, sondern vielmehr um ihr Geld, mit dem er auf ungesetzliche Weise zu einer Stellung als Flieger gelangen will. Yang Sun verschärft damit Shen Tes Situation noch mehr: Nicht mehr nur aus Gutherzigkeit gegenüber Bedürftigen, sondern aus Liebe zu einem Menschen, dem sie die Erfüllung seiner Wünsche ermöglichen will, ist Shen Te nun ohne Rücksicht auf ihre eigenen Bedürfnisse bereit zu helfen.

Forderung nach gesellschaftlichem Engagement

Mitgefühl und Hilfsbereitschaft gegenüber der eigenen Umwelt erwartet Shen Te allerdings auch von ihren Mitmenschen. So reagiert sie erbost darauf, dass diese nicht bereit sind, sich gegen Ungerechtigkeiten aufzulehnen (etwa gegen den Barbier Shu Fu auszusagen, der Wang schwer an der Hand verletzte, S. 61). Hier tritt sie als Agitatorin auf, die revolutionäre Ideen äußert. Sie fordert einen »Aufruhr« (S. 61), von dem die Bevölkerung Sezuans allerdings weit entfernt ist. In einer lyrischen Einlage beschreibt Shen Te ernüchtert das Verhalten der Bewohnerinnen und Bewohner dieser Stadt, die jegliches Interesse an ihrer Umwelt verloren zu haben scheinen, aber auch ihre eigene Not resigniert hinnehmen: »Sie antworten nicht mehr. [...] / [...] Nichts bewegt sie mehr. Nur / Der Geruch des Essens macht sie aufschauen.« (S. 62)

Der Schluss, den die Zuschauerinnen und Zuschauer aus dieser Szene ziehen sollen, liegt bereits in Shen Tes Forderung nach einem »Aufruhr« (S. 61) angedeutet – Brecht formuliert ihn allerdings nicht aus, will er doch die Zuschauerinnen und Zuschauer selbst zum Nachdenken anregen. Sie sollen die Zusammenhänge durchschauen und erkennen, dass sie selbst die gesellschaftlichen Verhältnisse verändern müssen, wenn sie die ungleiche Verteilung von Gütern und Ausbeutung verhindern wollen.

Shen Te, die allein keinen aussichtsreichen Aufruhr erreichen kann, steckt folglich in einem Zwiespalt. Sie weiß, dass sie ruiniert ist, wenn sie ihre Gutmütigkeit nicht zugunsten ihres eigenen Wohles stark einschränkt. Der Vorsatz, »[k]einen verderben zu lassen, auch nicht sich selber« (S.81), ist kaum umzusetzen, setzt das eigene Wohl doch das Ausbeuten anderer voraus und umgekehrt.

Die Doppelrolle

Der entscheidende Moment, in dem sie sich zum Ausbeuten ihrer Mitmenschen entschließt, trägt sich in der siebten Szene des Stückes zu: Sie beobachtet das verwahrloste Kind des ruinierten Schreiners dabei, wie es hungrig in einer Mülltonne nach Essbarem sucht. Ihre Gutmütigkeit, so beschließt sie, soll sich fortan allein auf ihr ungeborenes Kind konzentrieren, damit sie »wenigstens« (S. 104) dieses retten kann. Um sein Wohlergehen zu garantieren, ist sie bereit, »Faustschlag und Betrug« anzuwenden und »Tiger und wildes Tier / zu allen andern« zu sein (S. 104). Damit passt sie sich den Normen der kapitalistischen Gesellschaft Sezuans an und gibt ihren Entschluss zu allgemeiner Gutmütigkeit auf. Es geht ihr nicht mehr um den von ihr selbst zuvor geforderten »Aufruhr« (S. 61), d. h. darum, das gegenwärtige Elend und die herrschenden Ungerechtigkeiten zu beseitigen.

■ Rettung des Kindes

Um ihre eigene Existenz und die des erwarteten Kindes zu sichern, entschließt sie sich, eine Doppelexistenz zu führen. Shui Ta wird zu ihrem zweiten Ich, das über die Eigenschaften verfügt, die es im Kapitalismus braucht, um für das eigene Wohl zu sorgen: Skrupellosigkeit und die Bereitschaft, andere auszubeuten. Shui Ta ist das ›Ergebnis‹ ihrer Einsichten in das herrschende wirtschaftliche System.

■ Der Rettungsanker: Die Doppelexistenz

Für Shui Ta (alias Shen Te) steht fest, dass sich Gutherzigkeit gegenüber den Mitmenschen und wirtschaftlicher Erfolg, der das eigene Überleben ermöglicht, im bestehenden Gesellschaftssystem ausschließen. Doch er muss erleben, dass es auch, was den wirtschaftlichen Erfolg durch Skrupellosigkeit betrifft, Grenzen gibt. Gegenüber dem armutsgefährdeten Schreiner vermag Shui Ta seine dreisten Geschäfte noch durchzusetzen – ebenso gegenüber den Beschäftigten in seiner Tabakfabrik, die keine andere Wahl haben, als geringe Löhne und harte Arbeit in Kauf zu nehmen, um das eigene Überleben zu sichern. Bei der großbürgerlichen und hartherzigen Hausbesitzerin Mi Tzü scheitert er jedoch mit seinem Verhandlungsgeschick. Diese Erfahrungen lehren ihn, dass »Härte und Verschlagenheit […] nur gegen die Unteren« (S. 41) helfen. Die wohlhabenden, besitzenden Bewohnerinnen und Bewohner sind ebenso hartherzig und ausbeuterisch wie er selbst – auf ihre Nachgiebigkeit kann er darum nicht hoffen.

■ Ausbeutung trifft nur die Armen

Das Dilemma, sich in einer kapitalistischen Gesellschaft zwischen dem eigenen Überleben und gutmütigem Verhalten gegenüber der eigenen Umwelt entscheiden zu müssen, kommt pointiert in der zehnten Szene zum Ausdruck. Shen Te klärt vor Gericht über ihre Doppelrolle auf und erläutert ihre Motive: Die gesellschaftlichen Verhältnisse haben sie dazu gezwungen, in der Rolle des Shui Ta Böses zu tun, um ihr eigenes Überleben zu sichern und sich um ihren Geliebten Yang Sun und bedürftige Mitmenschen zu kümmern (S. 135–137). Die Doppelrolle, so beschreibt sie den Göttern anschaulich, ist Ausdruck ihrer inneren Zerrissenheit, die sich daraus ergab, dass sie sich

■ Doppelrolle als Ausdruck des Dilemmas

zwischen ihrem eigenen Wohl und dem ihres Kindes auf der einen Seite und dem Wohl ihrer Mitmenschen auf der anderen nicht endgültig entscheiden konnte:

»Euer einstiger Befehl
Gut zu sein und doch zu leben
Zerriß mich wie ein Blitz in zwei Hälften. Ich
Weiß nicht, wie es kam: gut zu sein zu andern
Und zu mir konnte ich nicht zugleich
[...]
[...] Die Last der guten Vorsätze
Drückte mich an die Erde.« (S. 139)

Sie gelangt zu der Schlussfolgerung: »Etwas muß falsch sein an eurer Welt.« (S. 139) und resigniert angesichts der Erwartung der Götter, zugleich auf das eigene Wohl und das der Mitmenschen zu achten:

»Für eure großen Pläne, ihr Götter
War ich armer Mensch zu klein.« (S. 140)

Von den Göttern, so muss Shen Te erfahren, kann sie nicht erwarten, dass sie das Leid der armen Bevölkerung Sezuans lindern. Sie zeigen sich nicht hilfsbereit, beharren stur auf ihren Geboten, vertrösten Shen Te mit Floskeln und kehren schließlich heim in ihr »Nichts« (S. 142).

Die Reaktion der Götter

Shen Te bleibt in der Folge hilflos zurück; ihr (und dem Publikum) wird kein Lösungsvorschlag für ihr Dilemma geboten. So kommt dem Publikum – das im

Epilog sogar explizit dazu aufgefordert wird – die Aufgabe zu, eine angemessene Lösung zu finden. Es war der Plan Brechts, dem Publikum das Handwerkszeug dazu in den vorangegangenen Szenen an die Hand zu geben, sie die ungerechten Mechanismen des Kapitalismus, der zu einer Ungleichverteilung von Gütern und zu ausbeuterischen Arbeitsverhältnissen führt, zu erkennen, seine Folgen nachzuvollziehen und über Handlungsmöglichkeiten für die Überwindung des Elends, wie es kapitalistische Wirtschaftssysteme hervorbringen, nachzudenken. Brecht wollte das Publikum dazu anregen, sich aktiv für die Verbesserung der eigenen wirtschaftlichen und gesellschaftlichen Verhältnisse einzusetzen. Erst durch ein kollektives Bemühen, wie Shen Te es von ihren Bekannten fordert (S. 61), so meinte er, könnten benachteiligte Bevölkerungsschichten ihre Situation verbessern und die Grundlage für ein respektvolles, durch Hilfsbereitschaft gekennzeichnetes Gesellschaftsleben schaffen.

■ Rettung kann allein durch die Menschen kommen

7. Autor und Zeit

Eugen Berthold Friedrich Brecht (er nennt sich später Bertolt Brecht) wird am 10. Februar 1898 in Augsburg geboren. Vier Jahre nach dem Eintritt in die Volksschule 1904 wechselt er auf das Städtische Realgymnasium, das er 1917, nachdem er sich zum Kriegsdienst meldet, mit dem Notabitur abschließt. Im gleichen Jahr beginnt er ein Medizinstudium in München, besucht aber vornehmlich literaturwissenschaftliche Vorlesungen. Nach einer kurzen Unterbrechung durch den Kriegsdienst setzt er das Studium fort.

1918 erregt er mit seinem ersten Theaterstück *Baal* einiges Aufsehen, weil der gleichnamige Protagonist sich absolut nicht an die bürgerlichen Normen hält. 1922 erhält er für *Baal* und zwei weitere Stücke (*Trommeln in der Nacht*, UA 1922, und *Im Dickicht der Städte*, UA 1923) den Kleist-Preis. Kurz darauf heiratet er die Schauspielerin und Opernsängerin Marianne Zoff, die 1923 die gemeinsame Tochter Hanne Marianne zur Welt bringt. Ein Jahr später zieht er nach Berlin, wo er Dramaturg am Deutschen Theater wird. Ab 1926 beschäftigt er sich mit den Ideen des Marxismus, denen er sich zeit seines Lebens verpflichtet fühlt. Die Jahre 1927 und 1928 bringen Veränderungen in seinem Privatleben, denn er lässt sich von Marianne Zoff scheiden, um die Schauspielerin Helene Weigel zu heiraten. Mit seinem Theaterstück mit Musik *Die Dreigroschenoper* erregt er in diesem Jahr beim Publikum und der Theaterkritik großes Interesse. Er

■ Erste Erfolge als Dramatiker

Abb. 3: Porträt von Bertolt Brecht (1927) – © Photo 12 / Alamy Stock Foto

Erprobung des epischen Theaters

erprobt in diesem Stück zum ersten Mal in einem größeren Umfang Elemente seines »epischen Theaters« (siehe das Kapitel 4: »Form und literarische Technik« dieses Lektüreschlüssels, S. 63–77). Es handelt sich um eine bissige Kritik des kapitalistischen Wirtschaftssystems sowie bürgerlicher Lebensanschauungen. Brecht entwickelt seine Konzeption des epischen Theaters weiter und erprobt sie in der Oper *Aufstieg und Fall der Stadt Mahagonny* (UA 1930).

Von nun an orientiert er sich in all seinen Stücken an seinen theoretischen Überlegungen zum epischen Theater. *Aufstieg und Fall der Stadt Mahagonny* löst eine Reihe von Skandalen aus, die die Aufführungen von Brechts Stücken bis 1933 begleiten. Der wahrscheinlich größte Theaterskandal der Weimarer Republik entzündet sich an seinen in kurzen Abständen aufeinanderfolgenden »Lehrstücken«, in denen er seiner Ablehnung des Kapitalismus erneut leidenschaftlich und unversöhnlich Ausdruck verleiht: In *Die Maßnahme*, *Die Ausnahme und die Regel* sowie *Der Jasager. Der Neinsager* (alle um 1930 entstanden) veranschaulicht und erprobt Brecht die Lehren, die er aus seinen marxistischen Studien gezogen hat. Den größten Skandal löst im Januar 1933 eine Polizeiaktion der Nationalsozialisten gegen die Aufführung der *Maßnahme* aus, ein Stück, das häufig als Versuch der Legitimierung der Ermordung Oppositioneller in der kommunistischen Diktatur Stalins gelesen wird und dessen Aufführung Brecht ab 1956 selbst verbieten lässt.

Als die Nationalsozialisten am 28. Februar 1933 nach dem Reichstagsbrand die Verfassung außer Kraft setzen und damit den Grundstein für die Errichtung einer Diktatur legen, beginnen sie sogleich mit der Verfolgung politischer Gegnerinnen und Gegner. Brecht verlässt gleich am nächsten Tag mit seiner Familie Deutschland, weil er um seine Sicherheit und sein Leben fürchten muss. Wenige Wochen später, im April 1933, stehen auch seine Werke auf den sogenannten Schwarzen Listen, die als Grundlage für die Bücherverbrennung der Nationalsozialisten am 10. Mai 1933 dienen. Auch Brechts Bücher und Schriften gehen so in den Flammen auf. 1935 wird Bertolt Brecht die Staatsbürgerschaft entzogen.

Exil und literarische Produktion

Seine Flucht vor den nationalsozialistischen Machthabern führt Brecht nach kürzeren Aufenthalten in Prag, Wien, Zürich und Paris nach Dänemark, Schweden, Finnland und in die Sowjetunion. Schließlich lässt er sich mit seiner Familie in den USA nieder, wo er auf das Ende des Krieges wartet.

Während des Zweiten Weltkrieges arbeitet Brecht an seinen bekanntesten Stücken, unter anderem an *Leben des Galilei* (1938/39, UA 1943 in Zürich), *Der gute Mensch von Sezuan* (1938–1941, UA 1943 in Zürich), *Mutter Courage und ihre Kinder* (1938/39, UA 1941 in Zürich), *Der aufhaltsame Aufstieg des Arturo Ui* (1941, UA 1958 in Stuttgart), *Schweyk im Zweiten Weltkrieg* (1943, UA 1957 in Warschau) und *Der kaukasische Kreidekreis* (1944/45, UA 1948 in Northfield, Minnesota). Darüber hinaus erwirbt sich Brecht literarische Anerkennung durch seine Lyrik.

1947 beginnt in den USA als eine der ersten Maßnahmen des beginnenden Kalten Krieges die Verfolgung von bekannten Persönlichkeiten, die sich zum

Abb. 4: Bertolt Brecht und Helene Weigel in Kopenhagen um 1936 – © akg-images / Ruth Berlau

Marxismus bekennen. Auch Brecht gehört zu ihnen und muss vor dem »Ausschuss für unamerikanische Umtriebe« aussagen. Kurz darauf verlässt er Amerika und kehrt in die Schweiz zurück. Von hier aus bemüht er sich um eine Einreisegenehmigung in den Westteil Deutschlands. Die Alliierten verweigern ihre Zustimmung, so dass Brecht 1948 über die Tschechoslowakei nach Ostberlin (DDR) geht.

Brechts Berliner Ensemble und das Theater am Schiffbauerdamm

Mit seiner Frau Helene Weigel begründet er hier 1949 seine eigene Schauspielgruppe: das Berliner Ensemble. Die Machthaber in der DDR hofieren zunächst den Neuankömmling, indem sie ihn etwa zum Mitglied der Akademie der Künste berufen und ihm den Nationalpreis I. Klasse verleihen. Als Brecht sich 1953 nicht vollständig hinter die Beschlüsse des Zentralkomitees der Sozialistischen Einheitspartei Deutschlands (SED) stellt, kühlt die Beziehung nachhaltig ab. Dennoch befürwortet der Staat, dass Brecht das Berliner Theater am Schiffbauerdamm übernimmt und dort mit seinem Berliner Ensemble seine Stücke aufführt. 1955 reist er zur Entgegennahme des Internationalen Stalin-Friedenspreises nach Moskau. Das veranlasst die ohnehin schon große Anzahl von Kritikerinnen und Kritikern, sich gegen den international anerkannten Theaterregisseur und Stückeschreiber auszusprechen. Brechts Stücke werden in den Anfangsjahren der Bundesrepublik und lange darüber hinaus auf den westdeutschen Bühnen nicht oder nur sehr selten aufgeführt. Seine marxistische Weltanschauung und das darauf beruhende fortwährende gesellschaftskritische Engagement, sein experimenteller Umgang mit den literarischen Traditionen sowie die Intentionen, die er mit seinem epischen Theater verfolgt, führen zur Skepsis und zum Teil zur offenen Ablehnung der westdeutschen Theaterbranche.

Brecht arbeitet 1956 mit seinem Ensemble an einer Aufführung des *Leben des Galilei*. Trotz einer schweren Erkrankung leitet er seit Beginn des Jahres bis zum 10. August immer wieder die Proben. Er stirbt am 14. August 1956 in Ostberlin. Am 17. August wird er auf dem Berliner Dorotheenstädtischen Friedhof, der ganz in der Nähe seiner Wohnung liegt, beigesetzt. Die Totenfeier findet einen Tag später in ›seinem‹ Theater am Schiffbauerdamm statt.

8. Rezeption

Das Parabelstück *Der gute Mensch von Sezuan* gilt als das am häufigsten aufgeführte Stück Brechts. Dass Brecht in dem Stück seine marxistischen Ansichten verarbeitet und dem Publikum vermitteln will, hat in Ost- und Westdeutschland zu sehr unterschiedlichen Bewertungen geführt.

Theaterinszenierungen

Am 4. Februar 1943 fand die Uraufführung am Schauspielhaus Zürich statt, nachdem dort auch das Brecht-Stück *Mutter Courage* (1941) aufgeführt worden war. 1945 kam es zu einer studentischen Inszenierung in Uppsala (Schweden), der 1946 eine Aufführung im Theater in der Josefstadt in Wien folgte.

Die deutsche Erstaufführung in Frankfurt am Main datiert vom 16. 11. 1952. Nach den gewaltsam niedergeschlagenen Arbeiterprotesten in der DDR um den 17. Juni 1953 in Ostberlin wurde Brecht nur noch vereinzelt in beiden deutschen Staaten aufgeführt. Weil er sich nicht von der offiziellen Linie der SED zu den Arbeiterprotesten distanzierte, wurden seine Stücke in der Bundesrepublik bis 1955 boykottiert. Die Wuppertaler Bühne wagte 1955, *Der gute Mensch von Sezuan* aufzuführen; vereinzelt erfolgten an weiteren Bühnen, vor allem in der DDR, Inszenierungen. Brechts eigenes Haus, das Theater am Schiffbauerdamm, inszenierte das Stück erst nach seinem Tod. Die Rezeption der Stücke war auch in der DDR wegen Brechts Spannung mit führenden Funktionären der SED eher zurückhaltend. Zwischen dem Autor und den politischen Machthabern war es zu großen Meinungsverschiedenheiten darüber gekommen, wie die sozialistische Kulturpolitik zu gestalten sei. Brecht reagierte darauf, indem er seine eigenen Überlegungen zum »Sozialistischen Realismus« formulierte, einer von Richtlinien der sowjetischen und später der DDR-Regierung geprägten Kunstrichtung, die die Arbeiterschaft erreichen und sie in ihrer sozialistischen Ideologie bestärken sollte.

In der Bundesrepublik richtete sich die Kritik vor allem gegen die marxistischen Tendenzen des Stücks. Vor dem Hintergrund des Ost-West-Gegensatzes wurde die ideologische Position des Autors überwiegend abgelehnt. Wenn hin und wieder dennoch eine Aufführung stattfand, dann handelte es sich in der Regel um eine adaptierte Fassung, die meistens die politischen und weltanschaulichen Positionen ausklammerte.

1968, nach den studentischen Unruhen in der Bundesrepublik, wurden Brechts Stücke wieder vermehrt aufgeführt. Auch die Bühnen der DDR zeigten verstärkt seine Stücke, weil Brecht ein international anerkannter Theaterregisseur und Schriftsteller war, der sich offen zu seiner marxistischen Weltanschauung bekannte und damit der DDR in vielen Ländern zu einem besseren Ansehen verhelfen konnte.

Nach der Wiedervereinigung 1989/90 lassen sich zwei Tendenzen beobachten: Einige wenige Regisseure halten Brecht die Treue und orientieren ihre Aufführungen des Stückes an den Vorstellungen des

Autors. Sie widersprechen der häufig vertretenen Position, dass sich in der Bundesrepublik eine Gesellschaft etabliert habe, in der die Humanität an erster Stelle stehe, und verfolgen, wie Brecht, das Ziel, das Publikum auf gesellschaftliche Missstände aufmerksam zu machen. Andere Theaterensembles gehen davon aus, dass Brechts klassenkämpferische Positionen überholt sind, und rücken allgemeiner Konflikte zwischen dem Individuum und der Gesellschaft in den Mittelpunkt des Geschehens.

■ Einordnung in die literaturwissenschaftlichen Diskussionen

Auch die literaturwissenschaftliche Rezeption des Stückes ist durch unterschiedliche Weltanschauungen der Wissenschaftlerinnen und Wissenschaftler maßgeblich beeinflusst worden. Während in der DDR die klassenkämpferischen Aspekte stärker in den Mittelpunkt der Forschung gerückt wurden und Brechts Religions- und Gesellschaftskritik Anerkennung und Zustimmung fanden, beschäftigte sich die Literaturwissenschaft in der Bundesrepublik überwiegend mit gattungstheoretischen und künstlerisch-formalen Fragestellungen. Heutzutage hat das literaturwissenschaftliche Interesse an Brechts Stücken etwas abgenommen.

■ Beliebte Schullektüre

Allerdings wird *Der gute Mensch von Sezuan* häufig in den Abschlussklassen der Sekundarstufe I und in der Oberstufe gelesen, da es sich als exemplarischer Text besonders dafür eignet, die Konzeption und Intentionen des epischen Theaters nachzuvollziehen.

9. Wort- und Sacherläuterungen

7,3 **Wasserverkäufer:** üblicher Beruf im alten China, in dem Trinkwassersysteme noch nicht ausgebaut waren.

8,1 **diese drei:** Brecht greift hier die christliche Idee der Trinität (der dreifachen Gestalt Gottes als Vater, Sohn und Heiliger Geist) auf.

8,10 **Quartier:** Unterkunft.

10,27 **Seit zweitausend Jahren:** seit der Entstehung des Christentums.

12,10 f. **Bis ins vierte Glied:** Warnung Gottes im Kontext der Zehn Gebote: Für die Sünden der Vorfahren will er Familienmitglieder »bis ins vierte Glied«, d. h. bis zur vierten Folgegeneration, bestrafen (Altes Testament, 2. Mose 20,5).

18,8 **Silberdollar:** Chinesische Währungseinheit (von 1914 bis in die 1930er Jahre).

20,14 **Winke**: Ratschläge.

21,24 f. **das Quartier aufsagen:** die Unterkunft kündigen.

22,11 f. **Stellagen**: Regale.

22,23 **einsteigern:** vermutlich: einen Konkurs herbeiführen (in Wörterbüchern nicht enthaltenes Wort).

24,24 **Mietskontrakt:** Mietvertrag.

24,29 **Referenzen**: Empfehlungsschreiben.

26,12 f. **Er frißt wie ein Scheunendrescher:** er isst sehr viel (geläufige Redewendung).

27,27 **fürder** (veraltet): zukünftig.

29,1 **Nachen:** kleines Boot.

30,29 f. **O du schwacher ... Mensch:** Anspielung auf: »Der Geist ist willig, aber das Fleisch ist schwach.« (Neues Testament, Matthäus 26,41)

32,7 **Vetter** (veraltet): Cousin, Verwandter.

34,4–7 **Der Gouvernör ... zudeckt:** die Zeilen Brechts haben ein Gedicht des chinesischen Dichters Bai Juyi (772–846) zur Vorlage.

34,16 **ablassen:** mit dem Preis entgegenkommen.

38,13 **Fünfkäschkämmerchen:** heruntergekommene Absteige (Käsch: Münze von geringem Wert, die in China bis ins 20. Jahrhundert als Zahlungsmittel diente, das Wort leitet sich vom engl. *cash* ab).

38,18 **notorisch:** bekannt.

38,18 f. **Leumund:** öffentliches Ansehen.

42,9 **Partie:** Person, die viel Geld mit in die Ehe bringt.

43,4 f. **war ich ... am Ende meines Witzes:** wusste ich nicht mehr weiter.

46,12 **Hangarverwalter:** Verwalter der Flugzeughalle.

46,13 f. **Fuß:** Längenmaß (ein Fuß entspricht etwa 30 cm), das auch zur Angabe der Flughöhe genutzt wird.

47,12 **Sacktuch** (südd.): Taschentuch.

48,17 f. **Stockfisch:** schweigsamer, langweiliger Mensch.

49,19 **Käsch:** s. Anm. zu 38,13.

54,29 **Unbilligkeit:** Unrechtmäßigkeit.

55,15 **Kung:** Khungfutse oder Konfuzius: chinesischer Philosoph, dessen Lehre bis heute einflussreich für die ostasiatische Kultur ist.

56,16 **Brennschere:** Frisierwerkzeug zum Lockendrehen.

57,32 **Shawl** (engl.): Schal.

58,4 **Visavis:** Gegenüber (von frz. *vis-à-vis*).

59,29 **Kuvert:** Briefumschlag.

61,4 **gaga** (frz., umgangssprachl.): senil, nicht ganz bei Verstand.

61,24 f. **die Stadt untergeht / Durch ein Feuer:** Anspielung auf die biblische Geschichte von der Zerstörung der Städte Sodom und Gomorrha durch einen göttlichen Feuerregen (Altes Testament, 1. Mose 18 f.).

65,13 **Tanks:** Panzer.

67,13 **nur eine einzige … Frau:** nach damaligem Recht konnten Männer mehrere Frauen haben.

67,29 **Gelaß:** kleiner Kellerraum.

72,14 **Billet:** Fahrkarte.

83,6 **Bonze:** buddhistischer Mönch oder Priester.

84,21 **Taxe:** Gebühr.

85,34–86,1 **Bruchteufel, […] Nebelteufel […] Gasmangelteufel:** die drei Teufelsgestalten verkörpern Gefahren, die Flugzeugpiloten drohen.

91,15 **Sankt Nimmerleinstag** (umgangssprachl.): Tag, der nie eintrifft.

93,17 **Katalpen:** Trompetenbäume.

94,26 **Leid läutert:** Es ist ein Grundgedanke der christlichen Lehre, der u. a. der Idee des Fegefeuers zugrunde liegt, dass Menschen von charakterlichen Schwächen befreit werden können, indem sie Leid erleben.

110,3 **Billigkeit:** Rechtmäßigkeit.

114,31 **Gratifikation:** (finanzielle oder materielle) Sonderzuwendung.

116,24 **Schaff:** großes, offenes Holzgefäß.

118,3 **Kontor:** Verwaltungs- und Geschäftsraum, Büro.

120,6 **Melonenhut:** runder Herrenhut (engl. *bowler hat*).

120,25 **Bittfürmichs ... Stümpfe:** Nichtsnutze, Habenichtse.

125,11 **Prokurist:** Handlungsbevollmächtigter eines Unternehmens.

132,25 **Zertifikate:** Bestätigungen.

134,13 f. **Friedensrichter:** ehrenamtlicher Laienrichter, der über weniger wichtige Angelegenheiten entscheidet.

135,31 **schaffen:** beschaffen, besorgen.

139,7 **Zerriß mich wie ein Blitz in zwei Hälften:** Anspielung auf Goethes *Faust I*: »Zwei Seelen wohnen, ach! in meiner Brust« (V. 1112).

140,3 **Lefze:** Lippe eines Raubtieres.

144,6 **die goldene Legende:** Die *Legenda aurea* (lat. *goldene Legende*, um 1259–1266) ist eine mittelalterliche Sammlung von Heiligenlegenden (d. h. religiösen Erzählungen über Leben und Tod von Heiligen) des späteren Erzbischofs von Genua Jacobus de Voragine (1228/29–1298).

10. Prüfungsaufgaben mit Lösungshinweisen

Aufgabe 1: Vergleich zweier literarischer Texte

Arbeitsauftrag 1 a): Analysieren und interpretieren Sie das vorliegende Gedicht Bertolt Brechts.
Arbeitsauftrag 1 b): Setzen Sie die Aussagen des Gedichts in Beziehung zu den Vorschlägen Wangs zur »Herabminderung der [göttlichen] Vorschriften«, wie er sie im »Zwischenspiel. Wangs Nachtlager«, S. 109 f., formuliert. Vergleichen Sie dabei insbesondere die Auffassungen über den Umgang mit Tugenden miteinander.

Erläuterungen zu den Operatoren:

Analysieren: einen Text als Ganzes oder aspektorientiert unter Berücksichtigung des funktionalen Zusammenhangs von Inhalt, Form und Sprache erschließen und das Ergebnis der Erschließung darlegen

Interpretieren: auf der Grundlage einer Analyse im Ganzen oder aspektorientiert Sinnzusammenhänge erschließen und unter Einbeziehung der Wechselwirkung zwischen Inhalt, Form und Sprache zu einer schlüssigen (Gesamt-)Deutung gelangen

In Beziehung setzen: Zusammenhänge unter vorgegebenen oder selbst gewählten Gesichtspunkten begründet herstellen

Vergleichen: nach vorgegebenen oder selbst gewählten Gesichtspunkten Gemeinsamkeiten, Ähnlichkeiten und Unterschiede herausarbeiten und gegeneinander abwägen

Textgrundlage:

Bertolt Brecht: Was nützt die Güte

1

Was nützt die Güte
Wenn die Gütigen sogleich erschlagen werden
oder es werden erschlagen
Die, zu denen sie gütig sind?

Was nützt die Freiheit
Wenn die Freien unter den Unfreien leben müssen?

Was nützt die Vernunft
Wenn die Unvernunft allein das Essen verschafft,
das jeder benötigt?

2

Anstatt nur gütig zu sein, bemüht euch
Einen Zustand zu schaffen, der die Güte ermöglicht,
und besser:
Sie überflüssig macht!

Anstatt nur frei zu sein, bemüht euch
Einen Zustand zu schaffen, der alle befreit
Auch die Liebe zur Freiheit
Überflüssig macht!

Anstatt nur vernünftig zu sein, bemüht euch
Einen Zustand zu schaffen, der die Unvernunft
der einzelnen
Zu einem schlechten Geschäft macht!

Bertolt Brecht: Was nützt die Güte. In: B. B.: Die Gedichte. Hrsg. von Jan Knopf. Frankfurt a. M. 2007. S. 821 f. –

Das Gedicht entstand 1935.

Lösungshinweise

Zu a)

1. Einleitung: Einleitungs- und Übersichtssatz: Autor, Textsorte, Zeit der Entstehung, Überleitungssatz zur Analyse

2. aspektorientierte Erschließung des Gedichts:
– *Thema:* Unergiebigkeit gutmütigen und vernünftigen Handelns unter den herrschenden Bedingungen
– *Inhalt sichern:* Schlüsselwörter markieren, Randnotizen und Zwischenüberschriften festhalten, …
– *Inhaltlichen Aufbau erschließen:* Stimmung, Intentio-

nen, Gedankenführung: Klage über derzeitige gesellschaftliche Bedingungen mündet in Forderung nach gesellschaftlichen Veränderungen

– *Lyrischer Sprecher:* Sprechsituation, -absicht und -haltung: 1. Strophe: Klage eines von den gesellschaftlichen Umständen betroffenen lyrischen Ichs, 2. Strophe: Imperativische Anrede einer nicht näher bestimmten Personengruppe (politische Führung, Bevölkerung?), Absicht: Darlegung gesellschaftlicher Missstände, Aufforderung zu ihrer Beseitigung

– *Lyrisches Genre*: Politische Lyrik

– *Analyse der lyrischen Form:* Strophenform, Wortwahl, Satzbau, rhetorische Figuren: zweistrophig (auf Strophe der Klage folgt Strophe entschiedener Aufforderungen), rhetorische Fragen, Parallelismen und Repetitionen → Eindringlichkeit, …

– *Analyse der textüberschreitenden Aspekte:*

Zeitumstände: Das Gedicht entstand unter dem Eindruck der politischen Entwicklung des nationalsozialistischen Deutschlands, aus dem Brecht fliehen musste. Vor diesem Hintergrund gewinnen seine entschiedenen Forderungen nach einem von Gutmütigkeit, Freiheit und Vernunft geprägten gesellschaftlichen Leben tiefere Bedeutung.

Epoche: Exilliteratur (ca. 1933–1945): Viele der vor den Nationalsozialisten ins Ausland geflohenen Schriftstellerinnen und Schriftsteller setzten ihr Schreiben fort. Die in dieser Zeit entstandene Literatur (also auch Gedichte) werden unter dem Begriff Exilliteratur zusammengefasst.

Zu b)

Wang schildert den Göttern anhand eines Traumes seine Befürchtungen, was das Wohl seiner Freundin Shen Te betrifft: Die göttlichen Gebote, die sie bestrebt ist einzuhalten, kann sie nicht erfüllen. Er fordert die Götter darum dazu auf, die göttlichen Tugenden anzupassen, so dass diese leichter zu befolgen sind:

- Wohlwollen anstatt Liebe
- Billigkeit anstatt Gerechtigkeit
- Schicklichkeit anstatt Ehre

Die Götter lehnen diese Vorschläge ab, weil sie sie für schwerer zu erfüllen halten als die geltenden Gebote.

Das lyrische Ich des Gedichtes fordert gleichfalls einen gesellschaftlichen Wandel. Es beklagt sich ebenso über die gesellschaftlichen Umstände, die die Einhaltung von Tugenden wie Güte und vernünftiges Handeln verunmöglichen. Doch fordert es – und hier liegt der entscheidende Unterschied zwischen der Theaterszene und dem Gedicht – nicht (wie Wang) eine Milderung der Tugenden, die so einfacher zu erfüllen wären, sondern vielmehr eine grundlegende Umwälzung der Gesellschaft, die tugendhaftes Handeln möglich und lohnenswert macht. Es geht in seinen Forderungen sogar noch weiter: Tugenden wie Güte, Freiheit, vernünftige Handlungsentscheidungen, so seine Vision, sollen als solche, d.h. als soziale Richtlinien, gar nicht mehr wahrgenommen werden, sondern so fest im gesellschaftlichen Leben verankert sein und so weitgehend eingehalten werden, dass sie nicht mehr als Regeln erkennbar sind: Den Menschen soll es so gut gehen, dass Güte oder Freiheitsstreben nicht mehr nötig sind, zugleich soll unvernünftiges Handeln nicht mehr nutzbringend sein.

Aufgabe 2: Vergleichende Figurencharakterisierung

Arbeitsauftrag: Charakterisieren Sie die Doppelfigur der Shen Te / des Shui Ta. Achten Sie dabei besonders darauf, die Gegensätze der zwei ›Rollen‹ derselben Figur herauszuarbeiten und Ihre Ergebnisse jeweils mit Textbelegen zu untermauern.

Erläuterung zu den Operatoren:

Charakterisieren: die jeweilige Eigenart von Figuren/ Sachverhalten herausarbeiten

Lösungshinweise

1. Einleitungssatz: Autor, Text, Textsorte, Entstehungszeit, Nennung der Figuren.

2. Einführung: knappe Informationen zur Figur und ihrer Bedeutung für die Handlung des Theaterstücks: gutherzige, in prekären wirtschaftlichen Verhältnissen in der chinesischen Provinz Sezuan lebende Protagonistin des Stückes, die sich aus ihrer Not heraus dazu entschließt,

eine Doppelrolle anzunehmen, und den kaltblütigen Vetter Shui Ta erfindet, der sie aus der Armut befreien soll und verstärkt zum Einsatz kommt, als sie von ihrer Schwangerschaft erfährt und um das Wohlergehen ihres Kindes besorgt ist.

3. Mit Beispielen unterfütterte Gegenüberstellung einzelner Aspekte der beiden Rollen:

- ist hilfsbereit, großzügig (Beispiel: bietet den Armen Reis und Obdach, obwohl sie selbst in prekären Verhältnissen lebt S. 18) ↔ ist egoistisch und rücksichtslos (Beispiel: zeigt sich »gleichmütig«, S. 35, als er den Schreiner Lin To in den Ruin treibt, zwingt den später schwachen Lin To in seiner Fabrik zu harter Arbeit, um selbst Gewinn zu machen, S. 113)
- handelt leichtsinnig, leidenschaftlich, aus Liebe (vergisst die bevorstehende Halbjahresmiete, S. 59, will die Wünsche ihres Geliebten Yang Sun erfüllen und leiht ihm Geld, ohne sich Gedanken über die Gefahren und ihr eigenes Wohl zu machen, S. 63) ↔ ist berechnend, handelt aus Kalkül (entledigt sich der ehemaligen Gastfamilie Shen Tes, indem er einen Polizisten gezielt in den Laden bittet, damit dieser den Jungen der Familie des Diebstahls überführt; stiehlt den Tabak der Gastfamilie und nutzt ihn als Werkstoff für seine Fabrik, weil er sich sicher sein kann, dass diese die Angelegenheit nicht bei der Polizei vorbringen wird, S. 107)
- …

4. Schluss: abschließende Zusammenfassung der Eigenschaften der beiden ›Rollen‹: Anhand der beiden Teile der Doppelfigur Shen Te / Shui Ta veranschaulicht Brecht, was er als grundlegendes Dilemma kapitalistischer Wirtschafts- und Gesellschaftssysteme betrachtet: die Unvereinbarkeit von gutem, uneigennützigem Handeln und eigenem Überleben. Während Shen Te Gutmütigkeit und Selbstlosigkeit verkörpert und nach der Erfüllung der göttlichen Gebote strebt, ist ihr Alter Ego Shui Ta – auf Kosten der notleidenden Bevölkerung Sezuans – um das eigene Wohlergehen bemüht.

Aufgabe 3: Analyse eines literarischen Textes mit weiterführendem Schreibauftrag

Arbeitsauftrag 3 a): Analysieren und interpretieren Sie das nachfolgende Gedicht Brechts.
Arbeitsauftrag 3 b): Setzen Sie sich kritisch mit den von Brecht propagierten Rollen des Schriftstellers und seiner Texte auseinander. ›Durchforschen‹ Sie dazu nach eigener Wahl Literatur, die Sie im Unterricht oder bei Ihrer Privatlektüre kennengelernt haben und die zu gesellschaftspolitischem Engagement anregt.

Erläuterungen zu den Operatoren:

Analysieren: einen Text als Ganzes oder aspektorientiert unter Berücksichtigung des funktionalen Zusammenhangs von Inhalt, Form und Sprache erschließen und das Ergebnis der Erschließung darlegen

Interpretieren: auf der Grundlage einer Analyse im Ganzen oder aspektorientiert Sinnzusammenhänge erschließen und unter Einbeziehung der Wechselwirkung zwischen Inhalt, Form und Sprache zu einer schlüssigen (Gesamt-)Deutung gelangen

Sich kritisch … auseinandersetzen mit …: eine Aussage, eine Problemstellung argumentativ und urteilend abwägen

Textgrundlage:

Bertolt Brecht: Wie künftige Zeiten unsere Schriftsteller beurteilen werden

1

Die auf die goldenen Stühle gesetzt sind, zu schreiben
Werden gefragt werden nach denen, die
Ihnen die Röcke webten.
Nicht nach ihren erhabenen Gedanken
Werden ihre Bücher durchforscht werden, sondern
Irgendein beiläufiger Satz, der schließen läßt
Auf eine Eigenheit derer, die Röcke webten
Wird mit Interesse gelesen werden, denn hier mag
es sich um Züge
Der berühmten Ahnen handeln.

Ganze Literaturen
In erlesenen Ausdrücken verfaßt
Werden durchsucht werden nach Anzeichen
Daß da auch Aufrührer gelebt haben,
wo Unterdrückung war.
Flehentliche Anrufe überirdischer Wesen
Werden beweisen, daß da Irdische über Irdischen
gesessen sind.
Köstliche Musik der Worte wird nur berichten
Daß da für viele kein Essen war.

2

Aber in jener Zeit werden gepriesen werden
Die auf dem nackten Boden saßen, zu schreiben
Die unter den Niedrigen saßen
Die bei den Kämpfern saßen.
Die von den Leiden der Niedrigen berichteten
Die von den Taten der Kämpfer berichteten
Kunstvoll. In der edlen Sprache
Vordem reserviert
Der Verherrlichung der Könige.

Ihre Beschreibungen der Mißstände und ihre Aufrufe
Werden noch den Daumenabdruck
Der Niedrigen tragen. Denn diesen
Wurden sie übermittelt, diese
Trugen sie weiter unter dem durchschwitzten Hemd
Durch die Kordone der Polizisten[1]
Zu ihresgleichen.

Ja, es wird eine Zeit geben, wo
Diese Klugen und Freundlichen
Zornigen und Hoffnungsvollen
Die auf dem nackten Boden saßen, zu schreiben
Die umringt waren von Niedrigen und Kämpfern
Öffentlich gepriesen werden.

Bertolt Brecht: Die Literatur wird durchforscht werden. In: B. B.: Die Gedichte. Hrsg. von Jan Knopf. Frankfurt a. M. 2007. S. 928 f. –

Das Gedicht entstand 1939.

Wort- und Sacherläuterungen:

[1] **Kordone der Polizisten:** Absperrungen durch die Polizei

Lösungshinweise

zu a)

1. Einleitung: Einleitungs- und Übersichtssatz: Autor, Textsorte, Zeit der Entstehung sowie Formulierung der Interpretationshypothese, Überleitungssatz zur Analyse

2. kurze Inhaltswiedergabe der fünf Strophen mit eigenen Worten: Das lyrische Ich trifft Vorhersagen für den zukünftigen Umgang mit Literatur und Literaturschaffenden. Im ersten Teil des Gedichts, bestehend aus den ersten beiden Strophen, nimmt es sozial und wirtschaftlich bessergestellte Schriftstellerinnen und Schriftsteller

in den Blick, die aus einer erhabenen Position heraus schreiben. Ihre Literatur, so sagt das lyrische Ich voraus, wird nicht auf ihre herausragenden Gedanken hin untersucht werden, sondern auf Hinweise auf gesellschaftliche Missstände, die die Vorfahren der Leserinnen und Leser durchleiden mussten. Im zweiten Teil des Gedichts widmet sich das lyrische Ich jenen Schreibenden, die die gesellschaftlichen Missstände (Armut, Krieg) aus nächster Nähe verfolgen, um darüber zu schreiben und ihre Schilderungen, Anprangerungen und Forderungen mit den Unterdrückten der Gesellschaft zu teilen. Ihnen sagt das lyrische Ich große öffentliche Anerkennung voraus.

3. Beschreibung des formalen Aufbaus: Das Gedicht ist in zwei Abschnitte gegliedert: Die Untergliederung in Abschnitt 1 (Strophen eins und zwei) und Abschnitt 2 (Strophen drei bis fünf) spiegelt den Wechsel vom einen zum anderen Betrachtungsgegenstand formal wider. Besonders auffällig ist der ständige Wechsel der Zeiten. Vorhersagen über die zukünftige Rezeption von Literatur sind in Futur I und II gehalten; diese wechseln immer wieder mit Passagen im Präteritum, in denen das lyrische Ich darüber spekuliert, wie Literatur und Schreibende der Gegenwart in der Zukunft rückblickend betrachtet werden.

4. Analyse der sprachlichen Gestaltung: Lange hypotaktische Sätze, Aufzählungen, Epiphrasen und zahlreiche Enjambements zwingen zum konzentrierten Lesen des Gedichts. Parallelismen, Anaphern und Epiphern machen den Text eingängig, verleihen ihm Rhythmus.

5. Deutung der Befunde und Überleitungssatz zu Arbeitsauftrag b)

zu b)

1. Im Gedicht wird einmal mehr deutlich, dass Brecht ein Vertreter marxistischer Ideen ist. Er hält jene Literatur, die sich nicht mit den privilegierten Gesellschaftsschichten, d. h. den besitzenden, ausbeuterischen Personen kapitalistisch organisierter Gesellschaften beschäftigt, sondern sich auf die benachteiligte Arbeiterschicht konzentriert und das Publikum für deren Anliegen und Probleme sensibilisiert, für besonders wertvoll.

2. Auf der Grundlage von literarischen Beispielen, die das Publikum zum Drang nach gesellschaftspolitischen Veränderungen angeregt haben könnten, soll die Erfüllbarkeit von Brechts Ansprüchen an sich selbst und an seine Schriftstellerkolleginnen und -kollegen erörtert werden. In den Abschlussklassen der Sekundarstufe I und in den Kursen der gymnasialen Oberstufe dürften historische und aktuelle gesellschaftskritische Werke gelesen werden, in denen sich Autorinnen und Autoren zu gesellschaftspolitischen Problemen geäußert haben. Konnte und kann Literatur, wie es Brechts Anliegen war, für gesellschaftliche Probleme sensibilisieren? Kann sie zu gesellschaftlichen Umwälzungen beitragen? Zu diesen Fragen sollte Stellung bezogen werden. Als literarische Beispiele könnten etwa die Literatur des Vormärz (Georg Büchners *Woyzeck*, *Der hessische Landbote* …) oder Dystopien (Aldous Huxleys *Brave New World*, George Orwells *1984*, Juli Zehs *Corpus Delicti* …) dienen.

11. Literaturhinweise/Medienempfehlungen

Einzelausgabe

Brecht, Bertolt: Der gute Mensch von Sezuan. Parabelstück. Berlin: Suhrkamp Verlag [78]2019. (edition suhrkamp. 73.) – *Nach dieser Ausgabe wird zitiert.*

Werkausgaben

Brecht, Bertolt: Gesammelte Werke in 20 Bänden. Hrsg. vom Suhrkamp Verlag in Zusammenarbeit mit Elisabeth Hauptmann. Frankfurt a. M. 1967. (Werkausgabe. edition suhrkamp.)

Brecht, Bertolt: Werke. Große kommentierte Berliner und Frankfurter Ausgabe. Hrsg. von Werner Hecht [u. a.]. Berlin / Frankfurt a. M. 1988–2000. – *Historisch-kritische Ausgabe.*

Zur Biografie

Knopf, Jan: Bertolt Brecht. Leben, Werk, Wirkung. Frankfurt a. M. 2006. (Suhrkamp BasisBiographie. 16.) – *Für Schülerinnen und Schüler sehr gut geeignete Biografie mit informativen Texten und zahlreichen Bildern.*

Zum Gesamtwerk des Autors

Müller, Klaus-Detlef (Hrsg.): Bertolt Brecht: Epoche – Werk – Wirkung. München 1985. – *Umfassende Dar-*

stellung, die sich in elf »Arbeitsbereichen« mit verschiedenen Aspekten des Autors und seines Werks beschäftigt.

Siegel, Eva-Maria: Bertolt Brecht. Marburg 2016. (Literatur Kompakt.) – *Für Schülerinnen und Schüler geeignete Gesamtdarstellung mit informativen Texten und zahlreichen Bildern. Bewährte Reihe.*

Zu *Der gute Mensch von Sezuan*

Brecht, Bertolt: Der gute Mensch von Sezuan. Mit einem Komm. von Wolfgang Jeske. Frankfurt a. M. [15]2019. (Suhrkamp BasisBibliothek.) – *Der informative Anhang enthält unter anderem »Frühe Stück-Entwürfe« und »Texte zum Stück« und informiert über »Daten zur Entstehungs- und frühen Aufführungsgeschichte« sowie über die »Besonderheiten« und die Rezeption des Stückes.*

Knopf, Jan (Hrsg.): Brechts *Guter Mensch von Sezuan.* Frankfurt a. M. 1982. (suhrkamp Taschenbuch materialien.) – *Der Band informiert über verschiedene Aspekte des Stückes: über Brechts Überlegungen zum Text, über Quellen und Bezüge, Aufführungen und Rezeption.*

Weitere Medien

Film

Der gute Mensch von Sezuan (1966). Regie: Fritz Umgelter, Besetzung: Nicole Heesters, Joachim Teege, Kurt Ehrhardt, Franz Kutschera. Produktion: Süddeutscher

Rundfunk [heute SWR]. – *Eine empfehlenswerte Produktion in Schwarz-Weiß. Als* DVD *erhältlich.*

Theater

Auch heutzutage wird Der gute Mensch von Sezuan *immer wieder an deutschen Theaterbühnen inszeniert. Teilweise halten die Theater Materialien bereit oder stellen sie auf Anfrage zur Verfügung. Auf YouTube haben einige Bühnen Trailer zu ihrer Aufführung hochgeladen, die interessante Einblicke in die Inszenierung gestatten.*

12. Zentrale Begriffe und Definitionen

Altruismus: Mit Altruismus wird eine selbstlose Einstellung und Handlungsweise bezeichnet. Sie zählt in besonderem Maße zu Shen Tes positiven Eigenschaften. Der Gegensatz dazu ist der Egoismus.

➤ S. 59, 61

Ausbeutung: wesentliches Merkmal eines kapitalistischen Gesellschafts- und Wirtschaftssystems. Die besitzende Gesellschaftsschicht (der Unternehmer oder »Kapitalisten«) beutet die für sie arbeitenden Teile der Gesellschaft aus, indem sie sie zur Mehrarbeit zwingt, d. h. zu Arbeit, die dem Unternehmen einen Gewinn verschafft. Dieser Gewinn wird nicht an die Arbeitenden ausgezahlt, sondern die Besitzenden eignen sich diesen entweder selbst an oder reinvestieren ihn, um später weiteren Gewinn zu machen.

➤ S. 11, 61, 65, 67, 73, 77, 88 f., 94

Berliner Ensemble: Brechts bekanntes Theaterensemble, das er und seine Frau Helene Weigel 1949 gründeten, nachdem sie – nach ihrem Exil während des Nationalsozialismus – in die DDR gingen. Brecht brachte seine Stücke bevorzugt mit dem Berliner Ensemble zur Aufführung. Ab 1954 war das Theater am Schiffbauerdamm dessen feste Spielstätte. Als ›Brechts Theater‹ wurde es weltweit bekannt. Das Ensemble und das Theater existieren heute noch und ihre Inszenierungen werden in der Regel stark beachtet.

➤ S. 7, 103 f.

Doppelrolle oder **-existenz:** In der Literaturwissenschaft hat sich eine Diskussion darüber entfaltet, ob es sich bei den beiden Rollen der Figur Shen Te / Shui Ta um eine bewusst gewählte Doppelrolle handelt oder um eine unfreiwillige Persönlichkeitsspaltung aufgrund der psychischen Belastung Shen Tes. Heute dominiert die Ansicht, dass Shui Ta ein bewusst gewähltes Alter Ego zu Shen Te darstellt, die der Rolle ihres Vetters bedarf, um überleben zu können.

➤ S. 37, 43, 52, 59 f., 95 f.

Epilog: Nachspiel auf der Bühne (Schlussszene). Der Epilog hat in *Der gute Mensch von Sezuan* eine besondere Funktion, weil er den direkt an die Zuschauerinnen und Zuschauer gerichteten Appell enthält, nach einer angemessenen Lösung für die dargestellte Problematik zu suchen. Hier wird Brechts Anspruch an das Theater, das Publikum zur Reflexion anzuregen, offenkundig.

➤ S. 7, 13, 42, 76, 98

Episches Theater: Bezeichnung Brechts für seine neue Theaterform, die er in Abgrenzung zum aristotelischen Theater entwickelt hat. Besonderes Merkmal ist der ➤ Verfremdungseffekt.

➤ S. 7–9, 63–65, 100 f.

Historisierung: Technik des ➤ Verfremdungseffekts im ➤ Epischen Theater. Die Handlung oder das Problem eines Stücks wird als vergangene herausgestellt (im *Guten Menschen von Sezuan* durch den Hinweis darauf, dass Ausbeutung in Sezuan heutzutage nicht mehr üblich ist, im Personenverzeichnis, S. 6). Das Publikum gewinnt dadurch, so hoffte Brecht, unweigerlich eine Distanz zur Handlung, die er für unentbehrlich für eine kritische Auseinandersetzung mit den thematisierten Problemen hielt.

➤ S. 67

Kapitalismus: Bezeichnung für ein (von Brecht entschiedden abgelehntes) Wirtschaftssystem, das sich besonders durch folgende Merkmale auszeichnet: Privateigentum (im Gegensatz zum Kollektiveigentum), Streben nach Profitmaximierung, Ausbeutung, soziale Ungleichheit. Brecht will seine Zuschauerinnen und Zuschauer dazu motivieren, dieses Gesellschaftssystem zu überwinden. Er sieht im Kapitalismus und in der von diesem verursachten sozialen Ungleichheit, die sich als Auffächerung der Gesellschaft in Klassen denken lässt (die der besitzenden Unternehmer und die der ausgebeuteten Arbeiterinnen und Arbeiter, siehe ➤ Klassengesellschaft), die Ursache dafür, dass Menschen sich nicht hilfsbereit und solidarisch, sondern egoistisch und rücksichtslos verhalten.

➤ S. 8–10, 55, 58, 60, 66, 86, 88, 95, 98, 101

Klassengesellschaft: Der ➤ Marxismus nutzt das Schlüsselwort der Klassengesellschaft, um eine gesellschaftliche Kluft zwischen der herrschenden Klasse (den Unternehmern/Ausbeutern) einerseits und der von ihnen unterdrückten Klasse (der Arbeiter/Proletarier) andererseits zu beschreiben. Ziel muss es nach der marxistischen Ideologie sein, die soziale Ungleichheit durch ein kommunistisches Gesellschafts- und Wirtschaftssystem zu beseitigen und eine klassenlose Gesellschaft zu etablieren. Die Sozial- und Wirtschaftswissenschaften sprechen heutzutage eher von Schichten oder Gruppen als von Klassen, um eine Gesellschaft hinsichtlich der unterschiedlichen wirtschaftlichen Situationen ihrer Mitglieder zu beschreiben.

➤ S. 43, 48, 52, 62, 78–82, 88 f., 107

(Lehr-)Stück: Brechts bevorzugte Bezeichnung für seine Dramen. Er spricht auch häufiger vom didaktischen Lerntheater. Brecht will damit ausdrücken, dass seine Stücke die Zuschauerinnen und Zuschauer belehren (und nebenbei unterhalten) sollen, dass sie also ein didaktisches Ziel verfolgen. Er will Aufklärer sein und das Publikum dazu anhalten, die marxistischen Lehren, die sie durch die Stücke vermittelt bekommen, selbst anzuwenden und an einem gesellschaftlichen Wandel mitzuwirken. Dazu nutzt er insbesondere den ➤ Verfremdungseffekt.

➤ S. 7 f., 64 f., 77, 84, 101

Marxismus: von Karl Marx (1818–1883) und Friedrich Engels (1820–1895) entwickelte politische Weltanschauung, deren Kernthese lautet, dass kapitalistische Wirtschaftssysteme unweigerlich zu ➤ Ausbeutung und einer ➤ Klassengesellschaft führen. Ziel des Marxismus ist deshalb die Überwindung des ➤ Kapitalismus und die Einführung des Kommunismus, eines Gesellschaftssystems, das sich durch die wirtschaftliche Gleichstellung seiner Mitglieder auszeichnet sowie durch ein gemeinschaftlich verwaltetes Kollektiveigentum (im Gegensatz zum Privatbesitz).

➤ S. 8, 11, 58, 64, 84, 87 f., 99, 103–106

Offene Form: Man unterscheidet in der Struktur von Theaterstücken zwischen der offenen und der geschlossenen Form von Dramen. Eine geschlossene Form weisen Stücke auf, die die drei aristotelischen Einheiten von Handlung, Zeit und Ort erfüllen, deren fortlaufende Handlung auf einen Schluss zuläuft und in fünf Akte (mit Exposition, Steigerung, Höhepunkt, retardierendem Moment und Katastrophe / Lösung des Konflikts) untergliedert ist.

In Abgrenzung dazu zeichnet sich die offene Form des Dramas durch Nebenhandlungen, Zeitsprünge und Ortswechsel aus. Die Untergliederung in Akte folgt keinem bestimmten Schema und die Akte müssen nicht kausal miteinander verknüpft sein. Das ➤ epische Theater Brechts weist eine offene Dramenform auf.

➤ S. 7, 76

Parabel: Bei der Parabel handelt es sich um eine Erzählung, die anhand eines anschaulichen Geschehens (Bildebene) auf eine übertragene, abstraktere und allgemeingültige Bedeutung (Sachebene) verweist und einen didaktischen Zweck verfolgt, d. h. eine Lehre vermitteln soll. In Brechts »Parabelstücken« ist die Bühnenhandlung der Bildteil, aus dem sich das Publikum den Sachteil erschließen muss. *Der gute Mensch von Sezuan* etwa stellt das gesellschaftliche Leben der ärmeren Bevölkerung Sezuans anschaulich dar. Das Publikum kann von dieser Handlung Zusammenhänge zwischen einer kapitalistisch organisierten Wirtschaft und der Ausbeutung ärmerer Bevölkerungsschichten ableiten.

➤ S. 7 f., 11, 36, 69, 73, 76 f.

Produktionsverhältnisse: Nach der Theorie Karl Marx' sind Produktionsverhältnisse die gesellschaftlichen Beziehungen zwischen den am Produktionsprozess Beteiligten sowie deren Verhältnisse zu den ➤ Produktivkräften und Produkten. Wer über wen Macht ausübt, wer die gefertigten Waren konsumiert, wer Gewinne abschöpft etc. sind also alles Fragen, die die Produktionsverhältnisse betreffen.

➤ S. 10 f., 58

Produktivkraft: Die marxistische Theorie bezeichnet als Produktivkräfte alle Ressourcen, die der Produktion von Waren und Dienstleistungen dienen. Dazu zählt Materielles wie Werkzeuge und Maschinen, aber auch Fähigkeiten und Wissen, die zur Fertigung von Gütern und für Dienstleistungen nützlich sind.

➤ S. 10 f., 58

Revolution: Der Begriff beschreibt einen radikalen und in der Regel gewaltsamen Prozess der Veränderung der herrschenden Verhältnisse in Politik, Wirtschaft und Gesellschaft. Er zielt meist darauf ab, die bisherigen autoritären und elitären Regierungen zu stürzen und durch gemäßigtere und volksnähere Führungspersonen zu ersetzen. Revolutionen haben meist keine allmählichen, detailliert geplanten Reformen zum Ziel, sondern einen radikalen, rasch herbeigeführten politischen, wirtschaftlichen und sozialen Umsturz.

➤ S. 93 f.

Sozialistischer Realismus: Eine in der Sowjetunion nach dem 2. Weltkrieg etablierte und auch in der DDR forcierte Kunstrichtung mit ideologischem Zweck: Kunst, so wollten es die Machthaber, sollte kommunistische Werte widerspiegeln und das Leben der Arbeiterinnen und Arbeiter idealisiert und zugleich wirklichkeitsnah darstellen. Brecht stellte in seinen Überlegungen zum sozialistischen Realismus folgende Ansprüche: Vertreter dieser Stilrichtung sollten sich für gesellschaftliche Veränderungen interessieren und für die Errichtung einer Gesellschaft engagieren, in der Humanität an erster Stelle steht. Künstlerinnen und Künstler sollten in dem Sinne parteilich sein, dass sie Partei für das Volk ergreifen. Sie sollten darauf achten, dass ihre Sprache volkstümlich ist, d.h., dass sie der Arbeiterklasse gut zugänglich ist.

➤ S. 106

Szene: Gliederungseinheit in dramatischen Texten. Im aristotelischen Theater ist die Handlung in der Regel streng nach Szenen, die bestimmte Handlungselemente enthalten müssen, aufgebaut: Eingeteilt in drei oder fünf Akte, die wiederum in Szenen untergliedert sind, stellt das Stück einen Konflikt vor, ist auf einen Höhepunkt ausgerichtet, dem eine Katastrophe oder die Lösung des Konfliktes folgt. Brecht stellt die Ereignisse in seinem ➤ epischen Theater bevorzugt in einer beliebigen Anzahl von unverbundenen Szenen dar, so dass keine Spannung auf den Ausgang aufkommt und das Publikum die Distanz zur Handlung wahren kann.

➤ S. 7, 63, 65, 68–72, 86

Verfremdungseffekt (V-Effekt): Technik des epischen Theaters, die zum Ziel hat, das Mitfühlen der Zuschauerinnen und Zuschauer mit den Figuren zu unterbinden und sie vielmehr zur nüchternen kritischen Reflexion des Dargestellten anzuregen. Brecht stellt die Handlung dazu so dar, dass sie den Zuschauerinnen und Zuschauern fremd erscheint. Sie sollen fortwährend darauf aufmerksam gemacht werden, dass die fiktive Realität des Theaterstücks nicht ihrer Lebenswirklichkeit entspricht: Durch ➤ Historisierung, die Handlung unterbrechende Einlagen (etwa lyrische Passagen und Lieder) und das Durchbrechen der ➤ vierten Wand soll sichergestellt werden, dass sich die Zuschauerinnen und Zuschauer nicht mit den

Hauptfiguren identifizieren, sondern ihre Verhaltensweisen distanziert studieren und die dargestellten Probleme auf ihre eigene Lebenswirklichkeit übertragen.

➤ S. 8, 66, 69, 75, 83

Vierte Wand: Als vierte Wand bezeichnet man die (nicht sichtbare, bloß imaginäre) Trennung zwischen Theaterbühne und Zuschauerraum. Die Schauspielerinnen und Schauspieler auf der Bühne handeln im konventionellen Theater so, als sei das Publikum nicht vorhanden. Sie spielen in ›ihrem‹ Bühnenraum, der eine zum Publikum hin abgeschlossene fiktive Welt darstellt. Infolgedessen kommt es auch nicht zur Kommunikation mit dem Publikum. Brecht bemühte sich mit seinem epischen Theater hingegen, die vierte Wand einzureißen oder zu durchbrechen, also die Trennung zwischen der fiktiven Welt auf der Bühne und der realen Welt des Publikums aufzuheben. Immer wieder – wie auch in *Der gute Mensch von Sezuan* – bezieht er in seinen Stücken die Zuschauerinnen und Zuschauer in das Geschehen ein, indem er die Figuren direkt zum Publikum sprechen lässt. Beispielhaft ist die ans Publikum gerichtete Aufforderung des Schauspielers im Epilog von *Der gute Mensch von Sezuan*, über eine Lösung für das dargestellte Problem nachzudenken.

➤ S. 9

Zuschaukunst: Von Brecht selbst geprägter Begriff, der die aktive Teilnahme des Publikums an Theaterstücken beschreibt, wie er sie für sein ➤ episches Theater vorsah: Das Zuschauen verstand Brecht als künstlerische Tätigkeit, denn es schloss für ihn mehr als ein passives Verfolgen der dargestellten Handlung ein. Er verlangte vom Publikum eine kritische Auseinandersetzung mit den dargestellten Problemen und das selbstständige Übertragen der gewonnenen Erkenntnisse auf die eigene Lebenswirklichkeit.

➤ S. 8, 43